ÉPITAPHE

DES

PARTIS;

CELUI DIT DU JUSTE-MILIEU,

SON AVENIR;

PAR H. CAVEL, AVOCAT.

Pourquoi la victoire, pourquoi la défaite?
(PRÉFACE.)

A PARIS,

CHEZ RORET, RUE HAUTEFEUILLE, Nº 10 BIS;

A PERPIGNAN,

CHEZ LASSERRE, LIBRAIRE.

1833.

PRÉFACE.

La France a vu, depuis la dernière révolution, bien des idées sages ou insensées surgir à l'horizon politique. C'est en les lui offrant comme la raison suprême que les divers partis ont tenté d'arriver au pouvoir par les voies légales ou par l'insurrection. Que d'hommes avaient mis à tort leur espoir dans ces divers systèmes dont ils n'avaient point compris sans doute la valeur ou entrevu les résultats dans la pratique gouvernementale? Un grand nombre méconnaissant le véritable caractère de leur époque, croyaient devoir saluer dans le soleil de juillet une nouvelle aurore impériale ou le présage des efforts gigantesques d'une nouvelle Convention; d'autres, dominés à bon droit par la nécessité d'un principe d'ordre et de stabilité, voyaient dans les oscillations auxquelles la France est depuis si long-temps en butte, un signe certain d'aberration et de retour vers un ordre de choses hors duquel elle ne pouvait, d'après eux, trouver que misère, opprobre et désolation, véritable cercle de Popilius tracé par leur génie stationnaire, n'offrant autour de lui qu'une mer courroucée sans ports et sans étoiles.

Ces systèmes proclamés par la voix des journaux et celle de l'émeute ont été livrés, pendant deux ans, aux méditations de la France grave, studieuse. Elle les a tous jetés dans le creuset. Qu'est-il resté de ces expériences multipliées? De quel côté la vérité ou l'erreur? Pourquoi la victoire, pourquoi la défaite? Les faits ne parlent-ils point plus haut que de vaines théories dont les essais tant de fois répétés depuis quarante ans n'ont cessé de plonger de plus en plus notre belle patrie dans une carrière de crimes, de désordres et de révolutions, conduisant droit au suicide. Après tant d'essais renouvelés à tant de peine; après le jugement solennel porté par la France laborieuse et éclairée, le temps n'est-il pas venu de jeter un coup-d'œil consciencieux sur ces évolutions de la pensée nationale qui proclame à la longue ses arrêts, nonobstant les clameurs insensées ou furibondes des factions en délire couvrant la perfidie et l'ambition de leurs projets du manteau vénérable et sacré de l'intérêt public?

Au milieu de ce naufrage universel, il est temps de signaler les obstacles et les écueils qui, depuis notre glorieuse révolution, ont continuellement entravé la marche de la société tout entière, et de montrer du doigt aux plus aveugles, au milieu des nuages amoncelés autour d'elle par la fureur des partis, l'arche qui peut seule, nous recevant tous dans ses flancs protecteurs, donner à la France une prospérité durable et le rang qu'elle doit occuper parmi les nations.

Bien qu'un peu plus calmes, les passions politiques ne sont point encore assez refroidies pour exiger d'elles le sacrifice de leurs préventions et de leurs haines, fondées le plus souvent sur des motifs peu honorables, sur les causes les plus légères; ceux qui croient être en possession de la vérité, seraient trop heureux s'ils pouvaient se promettre, de la part du public, non point de la bienveillance, mais seulement de la bonne foi, un examen impartial de leurs idées.

L'envie à l'opposition systématique; l'intérêt personnel sacrifiant tout à lui-même; de folles espérances déçues; l'amour-propre qui persiste dans son erreur plutôt que de la reconnaître; les intérêts de coterie; et mille autres passions non moins honteuses en vue du bien général, sont les moindres ennemis qu'ils rencontrent à leur début.

La presse légitimiste affublant sa perruque féodale du bonnet de 89, s'est attachée à égarer l'opinion publique, à l'aide de raisonnemens insidieux, et à dénaturer les intentions les plus pures.

Une partie de la presse libérale qui, notamment sous la restauration, excrçant un véritable sacerdoce, soulevait et résolvait les questions politiques bien avant les pouvoirs législatifs, désertant cette mission, a rapetissé les questions d'un intérêt général aux proportions de l'intérêt privé, s'est consumée sur des questions oiseuses ou irritantes, et s'est abaissée parfois jusqu'aux personnalités les plus révoltantes; en un mot, a fait fausse route, en prenant pour la voie du progrès une carrière aboutissant à la guerre générale, à l'anéantissement du crédit, aux excès démagogiques, à la pratique révolutionnaire de 93, et par suite aux réactions de 1815.

Le parti qui a su marcher entre ces deux écueils également redoutables, a été long-temps méconnu, et outragé. Quelques-uns de ses amis se sont laissés trop souvent intimider par les clameurs d'une foule ignorante, égarée par des hommes que dominent des principes politiques inapplicables ou dangereux, et dont les bonnes intentions ne sauraient suppléer au jugement qui leur manque. C'est, assis sur les débris de ces idées que la France a définitivement secouées comme de vieux oripeaux messéant à son âge et gênant son allure, que nous essaierons d'apprécier leur valeur et leurs résultats, tant dans le passé que dans le présent, en même temps que la raison d'existence du parti politique qui, depuis deux ans, gouverne la France en dépit des factions.

Les hommes qui ont manœuvré jusqu'à ce jour avec tant d'habileté verront s'ouvrir devant eux une large voie aux améliorations qu'eux seuls peuvent réaliser dès qu'ils auront posé hardiment, en termes clairs et précis, le problème dont la solution mettra fin à ces débats interminables, dépourvus d'intérêt, sur l'origine des pouvoirs que suscite la mauvaise foi, dans le but d'exploiter l'ignorance et les vices qui fermentent dans une société où quelques tartufes politiques et religieux, véritables histrions, se rient avec

impudence de la foule, sous leur double masque suin-
tant la cupidité et les passions les plus mesquines. Il
est douloureux de voir tant d'écrivains gaspiller leurs
talens dans de stériles discussions et provoquer des
désordres incessans qui, frappant de torpeur l'industrie nationale, maintiennent l'état social dans un ma-
laise dont quelques-uns sont peut-être les premiers à
gémir.

CHAPITRE PREMIER.

SITUATION DES PARTIS EN JUILLET 1830.

FRAPPÉ par le foudre populaire, il fumait encore, ce trône féodal et parjure, deux fois relevé par l'étranger. Sans doute que condamné à périr à cause de son origine, une infraction trop manifeste à la Charte qu'il jura de maintenir, et qu'il avait déjà violée tant de fois au profit de l'émigration, ne fit que hâter sa chute.

Dans la fixation des nouvelles destinées de la France, le parti vaincu, déconcerté, anéanti par la soudaineté du triomphe populaire, ne prit et ne pouvait prendre aucune part. Son petit nombre, sa faiblesse, l'anathème sanglant dont il était si justement frappé, lui en fesaient une loi. Il se réserva pour des temps meilleurs. En attendant, il formula dans l'ombre son appel à l'étranger; et de même qu'une vieille coquette répare, après le bal, les brèches faites à sa toilette et à ses charmes empruntés, étudie des pauses voluptueuses pour ramener à elle les adorateurs séduits par ces fausses apparences, l'organe officiel de ce parti, changeant de costume et d'allure, prépara ce leurre politique qui, déposé quotidiennement dans ses colonnes, présenta au peuple, comme une amorce grossière à sa fureur de souveraineté, la convocation de nouveaux états généraux, le vote universel, la décentralisation, l'affranchissement complet des communes et d'autres principes désorganisateurs, avant que quelques fanatiques de tout sexe et de tout rang, relevant la vieille oriflamme vendéenne, donnassent à la France une ridicule parodie de l'héroïsme de Charrette et de notre Jeanne d'Arc.

Dans ses amendemens à la Charte de 1814, la Chambre des Députés donna satisfaction aux vœux et aux besoins de la France libérale qui salua tout entière dans le duc d'Orléans, Louis-Philippe, Roi des Français. Ses vertus privées, son attachement connu à la cause de la révolution à laquelle il avait pris, quarante ans auparavant, une part active; ses affinités politiques, notre situation en face de l'étranger, rendaient son avénement nécessaire, inévitable. Il trouva une double légitimité, et dans sa proximité du trône, dans le vœu de la France, dans l'impérieuse nécessité des circonstances et la certitude d'une effroyable collision européenne que lui *seul* était en pouvoir de conjurer.

L'on peut dire avec verité, sans crainte d'être démenti, que jamais Roi chevelu dans les Gaules barbares, ne fut porté sur le pavois avec plus d'unanimité que lui.

Les libéraux, victorieux, se partagèrent en deux systèmes. En connaissant les diverses classes de la societé qui, à quelques exceptions près, passèrent dans les deux camps, il était facile de comprendre d'abord quels principes politiques chacun d'eux inscrirait sur son étendard. Nous dirons plus tard les causes qui, amenant de nombreuses défections dans l'un de ces partis, ont donné une victoire désormais assurée à celui qui avait le mieux saisi le caractère de notre dernière révolution. Le parti ultra-libéral qui, s'attribuant follement le monopole du patriotisme et des intérêts soi-disant populaires, s'était intitulé le parti du mouvement, du progrès; le parti patriote, puisqu'il faut l'appeler par son nom, trouva ses adhérens dans un grand nombre de journalistes trop préoccupés des anciens souvenirs de la révolution, pour sentir que le libéralisme doit avoir un point d'arrêt qu'indique assez la nature de ses principes ; dans cette masse du peuple qui a si long-temps alimenté l'émeute, et que son abrutissement moral et intellectuel doit faire vivement sympathiser avec tout ce qui peut entraîner l'emploi de la force brutale; dans ces hommes honorables, au cœur desquels une juste antipathie pour les institutions du passé, a allumé une fièvre démocratique qui ne peut que les faire chevaucher hors des limites de la raison et du possible; dans une partie de cette jeunesse ardente et généreuse, brûlée jusques dans les entrailles par la flamme du bien public, mais en qui une ame élevée, un esprit quelquefois supérieur, ne sauraient suppléer à son inexpérience; dans des fauteurs d'anarchie espérant, à la faveur de la tourmente, se procurer honneurs, richesses, en un mot, améliorer leur position par des voies illicites; et dans quelques échappés de collége, qu'une mauvaise éducation a habitués, dès l'enfance, à admirer comme les faits les plus glorieux de l'histoire, ces grands *strages hominum*, ou ces perturbations sociales, monstrueuses, dont ils avaient eu l'avant-goût dans les désordres fréquens de leurs écoles.

Le parti à qui fut confiée la direction des affaires, après quelques indécisions, se recruta de tout ce que la France renferme d'amis de l'ordre et d'une sage liberté ; de toutes les célébrités politiques et littéraires de la restauration et de l'empire; des hommes de cette école qui, dans la personne des Cousin, Guizot, Villemain et tant d'autres notabilités, donnèrent, sous la restauration, une si forte impulsion,

tout en agrandissant leur sphère, aux études politiques et
morales, en réunissant en faisceau les vérités éparses dans
ce chaos d'opinions et de systèmes enfantés par les efforts
prodigieux de la philosophie moderne ; de tout ce que renferme
l'industrie et la banque d'hommes puissans par leur crédit et
l'étendue de leurs relations commerciales ; de ces ouvriers la-
borieux qui, gagnant leur salaire au jour le jour, voyaient
dans une déclaration de guerre l'anéantissement du crédit, et
par suite la fermeture de leurs ateliers ; de tous les capitalistes
et rentiers de qui l'existence était inextricablement liée à la
prospérité de milliers d'établissemens dont la vie est le crédit ;
d'une foule innombrable de légistes et de tous ceux qu'une
longue expérience et l'habitude des affaires défendent de toute
utopie ou suggestion fallacieuse ; en un mot, de tous les hommes qui avaient en eux un sentiment des véritables intérêts de
la France, de la situation politique européenne, et pressentaient
que la guerre, en entraînant d'effroyables malheurs, ne pro-
duirait qu'excès démagogiques à l'intérieur, et une épouvan-
table débâcle des intérêts matériels, sans contribuer en rien
aux progrès de la civilisation.

CHAPITRE II.

SYSTÈME POLITIQUE DU PARTI DU MOUVEMENT.

DOMINÉ par les souvenirs de 89 et de la gloire de l'Empire, ce parti vit dans la révolution de 1830 le signal d'une lutte nouvelle contre l'Europe, et par suite un agrandissement de territoire. Dans son aversion pour toute aristocratie, il ne trouvait d'autre moyen d'en finir avec elles qu'en lançant aux frontières les quatorze armées de la Convention, après avoir converti la France en un vaste camp hérissé de baïonnettes. Nos armées, débordant sur l'Europe où elles devaient, d'après lui, rencontrer de nombreux partisans, à la résolution énergique, auraient eu pour mission spéciale d'inoculer à tous les peuples les idées révolutionnaires ; de fouler aux pieds les gouvernemens féodaux ou quasi-féodaux, en laissant chaque peuple maître de ses destinées, convaincu qu'était ce parti que le bonheur du monde devait découler de cette œuvre d'extermination.

La majorité de la Chambre et de la nation éclairée ayant rejeté cette politique, les plus ardens songèrent dès-lors à introniser en France la république, les yeux tournés vers le Nouveau-Monde. Se demander si par sa position topographique, son isolement de grandes nations régies par des gouvernemens absolus ; par l'esclavage où vit une partie de sa population ; par le caractère de ses habitans, et par l'immense continent qui assure la richesse à qui veut travailler, la jeune Amérique, bien différente en cela de la France, ne comporte point cette agglomération de petits états *unis seulement* contre l'étranger, et où l'on chercherait vainement ce qui constitue un peuple, une individualité nationale, c'est-à-dire un gouvernement unitaire, une législation commune ; s'enquérir des tendances de la France nouvelle ; consulter les vœux de la grande et de la petite propriété ; des dispensateurs du crédit, des industriels et ce tous ceux qui par leur position sociale et leurs lumières exercent sur le reste de la population une influence salutaire et légitime, fut le moindre de leurs soucis. Pressentant que la guerre pouvait seule leur donner quelques chances de succès, puisque, pour être soutenue avec avantage, il aurait fallu allumer au cœur des masses une ardeur révolutionnaire surexcitée par les dangers de la patrie, et la vigoureuse résistance qu'y auraient assurément opposée les aristocraties et les gouvernemens étrangers, jouissant dans la plus grande partie de l'Europe d'une popularité de fait, ils s'attachèrent à menacer quotidiennement la France d'une nouvelle invasion. La guerre fut représentée par eux comme l'unique moyen de salut. La guerre une fois déclarée, la sécurité allait renaître, et le crédit ranimé atteindre en peu d'instans une hauteur inouïe ; et ces bruits de guerre répétés par les cent voix de la presse, suspendaient les travaux industriels, les transactions commerciales, et privaient de travail la classe ouvrière dont leur système devait, d'après eux, singulièrement améliorer la position. Ces idées rendant tout travail impossible, il était naturel que, ne pouvant nourrir le peuple dans l'intérieur, ils l'envoyassent tuer sur la frontière. Si ce n'était point de la philanthropie, c'était du moins de la logique. Les révolutions de Belgique et de Pologne, quelques insurrections partielles en Italie, donnant de l'importance à ces théories belliqueuses, ils allèrent jusqu'à taxer de trahison le ministère Périer, et faire maintes fois un appel AUX ARMES. C'est alors que le gouvernement français proclama le système de non-intervention, qui eût été une cause certaine de rupture, si les cabinets étrangers et leurs peuples, dont ils ont depuis quinze ans étonnamment développé l'activité industrielle, n'avaient éprouvé un vif besoin de paix. D'ailleurs la propagande rencontra une insurmontable barrière dans les habitudes d'ordre, de tranquillité et de bien-être matériel, auxquels ont été initiées toutes les classes de la société pendant la restauration ; dans l'immense accroissement de la puissance industrielle, et les intérêts manufacturiers du Continent ; dans l'inutilité reconnue d'une guerre révolutionnaire en Europe, et dans son impopularité, même parmi les masses, puisqu'il n'est personne qui ne sache aujourd'hui que chaque peuple ayant en lui un mode de vitalité qui lui est propre, et occupant un degré différent dans l'échelle du progrès humanitaire, l'on ne saurait leur imposer à tous les mêmes formes de gouvernement, sans se rendre coupable de la plus monstrueuse tyrannie. Cependant la propagande continuait d'être citée comme une panacée à tous nos maux. Cet empirisme politique avait frappé de vertige un grand nombre d'honnêtes gens. L'épicier paisible fut saisi pour la première fois d'un transport belliqueux. La tête exaltée par la lecture de son journal qui lui dépeignait à nos portes les Cosaques et les Pandoures, venant *égorger nos fils, nos compagnes* ; il lui arriva même de prendre involontairement son fusil de garde national, pour repousser *ces féroces soldats* ; et ses voisins, surpris de cette attitude martiale inaccoutumée, le ramenèrent chez lui, rouge de colère, criant encore *à la trahison !*

Les hommes de ce parti étaient soumis à ce préjugé d'économie politique : qu'un état est prospère en raison de l'étendue de son territoire ; de là leur désir de joindre à la France la Belgique et les provinces rhénanes. L'on conçoit qu'absorbés dans l'idée d'envahissement par l'étranger, ils devaient attacher une très-haute importance à la ligne de forteresses qui protège notre pays de ce côté. Et qui ne se rappelle le cri d'effroi qui retentit dans plusieurs villes manufacturières de France, au seul bruit de cette jonction.

Ils s'attachèrent à persuader à la nation que les armées coalisées n'attendaient que l'asservissement de la Pologne pour marcher contre nous. La conviction d'un grand nombre, bien que dénuée de fondement, avait en vérité quelque chose de burlesque. Voulant amener à tout prix une conflagration générale, ils ne parlaient que de l'humiliation de la France, des honteuses concessions faites aux gouvernemens étrangers, et notamment à la *cupide Albion*, dont ils maudissaient l'alliance, trop préoccupés qu'ils étaient de la politique napoléonienne et du blocus continental. Il leur semblait que c'eût été trop peu que d'avoir à combattre l'Autriche, la Prusse et la Russie, pour lesquelles ils avaient une haine aveugle, faute de comprendre le caractère et le génie de ces trois peuples, que leurs mœurs de docilité extrême, leurs sentimens réels et incontestables d'unité, d'ordre et de hiérarchie, rendent impropres à l'application des principes démocratiques.

L'on peut avoir une foi entière dans la perfectibilité du genre humain, et croire cependant que bien des siècles se seront écoulés avant que l'on puisse conférer des droits politiques aux sujets du knout et du bâton tudesque.

La propagande avait encore des partisans, lorsque la flotte libératrice de don Pedro fit voile pour les Açores. L'impuissance de cette tentative, qu'appuyait la présence de la flotte française, entrée victorieuse dans le port de Lisbonne ; l'indifférence des masses pour don Pedro, et la charte qu'il leur apportait ; l'enthousiasme des troupes pour don Miguel, bien qu'il trônat avec le bourreau, achevèrent de ruiner cette idée. Les mots liberté, égalité ; le principe de la souveraineté du peuple, mal compris ou mal interprété à dessein, firent naître dans quelques villes de France des troubles sérieux. Prétextant qu'une partie de la population était seule représentée à la chambre, légitimistes et républicains, d'accord pour la première fois, réclamèrent à grands cris le vote universel qu'ils prétendaient devoir découler du principe de la souveraineté populaire. Il n'est personne qui ne reconnaisse aujourd'hui que ce principe, interprété de la sorte, doit fatalement amener le gouvernement des masses ; et y a-t-il sur la terre quelque chose de plus inique, de plus révoltant que le règne des hommes les moins moraux, les moins intelligens? est-il une plus haute folie que de prétendre ériger en législateurs cette partie du peuple rongée de vices et abrutie par l'ignorance? Ceux qui, avant de lui conférer des droits politiques, veulent d'abord l'en rendre digne en lui procurant travail et instruction, ceux-là seuls sont ses vrais amis, et non ses flatteurs intéressés qui, affectant à son égard des sentimens qu'ils n'ont point au fond du cœur, n'y voient en réalité que de la chair à canon, qu'un vil instrument de leur ambition personnelle. Nous remarquerons qu'un grand nombre de journalistes ont enfin proclamé le ridicule et l'impossibilité du vote universel, chimère sur laquelle cependant repose tout le système des légitimistes.

Le parti du mouvement, de concert avec la *Gazette*, soutint le système de la décentralisation. Jamais moyen plus sûr de morceler la France, de frapper à mort le gouvernement de Juillet. Y a-t-il un milieu entre l'unité et l'anarchie, quelque chose de moins universel que ce prétendu vote universel réclamé quotidiennement par la *Gazette*?

L'histoire n'atteste-t-elle pas que les peuples n'ont réalisé d'immenses progrès que sous des gouvernemens centralisateurs? La république française ne voyait-elle pas sa ruine hors de son unité indivisible? Les victoires de nos rois sur les seigneurs féodaux n'ont-elles pas tendu à centraliser de plus en plus le pouvoir entre leurs mains, au grand avantage de leurs sujets? La centralisation, c'est l'unité, c'est l'union, c'est la force; témoin Rome imposant au reste du monde sa conquête, sa langue, sa religion, ses lois; témoin l'église chrétienne, aux jours de l'apostat, s'avançant de plus en plus vers l'unité jusqu'à Hildebrand et Innocent III; témoins Charmelagne, Louis XIV, la Convention et Napoléon. Les légitimistes, qui sentent toute la portée de ce principe désorganisateur, s'en servent contre le gouvernement actuel, en s'appuyant sur quelques inconvéniens ou lenteurs qu'entraîne quelquefois ce système. Ils tâchent, en dépeignant la circonférence inerte et passive autour du centre, de jeter un esprit de rivalité entre les départemens et la capitale, convaincus qu'un pareil principe, appliqué à la société, précipiterait sur elle un torrent de dissolution, de terreurs et de ruines, qui ne manquerait point de ressusciter l'ordre du passé. Le moindre vice de ce funeste système eût été de créer en France quarante mille républiques, différant de mœurs et de langage, en hostilité les unes aux autres, et au gouvernement dont l'action se serait tellement fractionnée, disséminée, volatilisée, qu'elle en serait devenue imperceptible. De là leurs sympathies, leurs vœux pour le parti républicain; de là le rejet de la loi municipale et départementale-Martignac. Il est vrai qu'ils défendaient alors un pouvoir chéri contre les empiétemens du parti populaire qui employait tous ses moyens pour réduire à l'impuissance un gouvernement détesté. Autres temps, autres manœuvres. Ils ramassent aujourd'hui les armes de l'ancien libéralisme pour s'en servir contre la royauté de Juillet. Tout nous porte à croire qu'elles seront moins heureuses dans leurs mains. Ces idées si fatales au bonheur et à la tranquillité de la nation, si favorables au parti vaincu, avaient encore quelque cours lorsque la république, arborant son drapeau rouge jusqu'au sein de la capitale, leur porta le dernier coup. Tous les bons Français, et notamment la garde nationale de Paris, virent bien que les 5 et 6 juin ne pouvaient qu'enfanter le règne de la guillotine, qu'une nouvelle apothéose de Marat. L'opposition voyant son langage traduit par des coups de fusil dans les rues, recula devant ses principes, et resta quelque temps indécise. Elle sembla reconnaître ce qu'ils avaient de funeste dans la pratique gouvernementale. Le compte-rendu sur lequel elle fondait tant d'espérances, ne tarda point à tomber dans l'oubli. Ce manifeste, dernier soupir de ce parti, a prouvé par ses résultats qu'un ministère de l'extrême gauche apporterait au pouvoir moins d'élémens d'ordre, et partant, moins de prospérité matérielle. Avec la pâture creuse des droits politiques, le peuple n'aurait eu ni pain, ni travail. Les débats de la session actuelle prouvent que la plupart des hommes de l'opposition, revenant sur leurs premières idées, se sont convertis aux doctrines de prudence, de modération. Les promenades des députés de la gauche dans les départemens; l'indifférence avec laquelle ils furent accueillis; et dans les banquets qui leur furent donnés par leurs partisans, ces éternelles protestations de dévoûment aux libertés publiques, et à je ne sais quel programme dit de l'hôtel-de-ville, mots reconnus vides de sens, et propres tout au plus à amuser quelques idiots, achevèrent de démontrer leur impuissance Les plus éclairés d'entre ceux qui leur donnèrent cordialement ces aubades, ne tardèrent point quinze jours à en être confus. La chute définitive de cette opinion, défendue avec talent par le *National* et autres journaux, a fait sentir aux habiles du parti que la discussion, pour avoir quelqu'intérêt, devait être transportée sur un autre terrain.

Au point de vue où nous sommes placés en ce moment, il est aisé de comprendre pourquoi ce parti a été vaincu dans les Chambres et dans la nation. Dès le principe, la propagande, la décentralisation, le vote universel, c'est-à-dire un système de méfiance, de lutte, de destruction, quant à l'intérieur; une politique matamore, quant aux relations extérieures, absolument comme si le géant féodal était là debout sur la frontière, agitant contre nous *l'étendard sanglant de la tyrannie*; la persistance de ses chefs à affecter des allures conventionnelles ; à vouloir revêtir leur petitesse de l'armure de cette redoutable assemblée ; à nous donner dans des discours déclamatoires la petite monnaie des Mirabeau et des Danton, et surtout leur ignorance des conditions d'ordre, ont tué leur avenir, puisqu'il demeure démontré que, placés à un point de vue exclusif, ils ont constamment méconnu les besoins et les tendances de l'époque. Arrivés au pouvoir, bien qu'animés des meilleures intentions, ils n'eussent pu donner à la France, d'après la nature même de leurs principes, que la guerre civile et la guerre étrangère. Placés entre deux partis inconciliables, et dont chacun fonde ses succès sur la ruine et l'extirpation de l'autre, les hommes qui gouvernent la France devaient s'en tenir également éloignés. Dans ce cas, comme dans beaucoup d'autres : *In medio virtus neutroque citràque.*

Nonobstant cette conduite aussi équitable que politique, les républicains accusaient le pouvoir de favoriser les légitimistes alors que ceux-ci se disaient opprimés.

Ces deux partis n'ont cessé de répéter sur tous les tons que notre système de gouvernement était radicalement mauvais, puisqu'il ne réussissait point à opérer le désarmement général. Qui ne sait que l'état de défiance et d'observation armée où demeurent les peuples et les cabinets les uns vis-à-vis des autres, provient de la crainte que leur inspire l'ultra-libéralisme qui brûle d'en venir encore une fois aux mains, avec ce qu'il regarde comme le génie du mal, faute de le comprendre ? On obéit en cela, de part et d'autre, à un sentiment de conservation aussi naturel aux peuples qu'aux individus. Supposons les légitimistes et les républicains se ralliant avec franchise à la royauté de Juillet et à ses institutions, après avoir fait à la patrie le sacrifice de leurs haines, de leurs préventions, et un avenir pacifique de prospérité et de gloire est assuré à la France ; la discorde et le démon des guerres civiles rentrent à jamais dans l'abîme, et le monde est désarmé.

CHAPITRE III.

SYSTÈME POLITIQUE DU PARTI DIT JUSTE-MILIEU.

AMENÉ au pouvoir par le besoin des circonstances toujours plus impérieuses que la volonté des hommes, ce parti se trouva chargé de régler les destinées de la France. L'enthousiasme suscité par la victoire de Juillet, l'attitude belliqueuse de la population entière, qui croyait son triomphe sur les féodaux menacé par une nouvelle coalition ; quelques anciennes rancunes ; la perspective de relever dignement le drapeau glorieux de Marengo et des Pyramides ; l'apparente nécessité de déverser à l'extérieur pour maintenir l'ordre en France, ce surcroît de brûlante activité ; l'extinction du crédit ; les révolutions de Belgique, de Pologne et d'Italie; quelques velléités de conquête ; la contenance hostile ou les bouderies des cabinets étrangers, tout, en un mot, semblait devoir enfanter un embrasement général. Placés dans ce moment à une distance d'où l'on domine les exigences et les nécessités de ces temps, on comprend tout d'abord que le plus grand mérite des hommes d'état, à cette époque, fut de sentir nettement que la guerre, loin de terminer la crise européenne, ne tendrait qu'à l'aggraver ; qu'elle serait sans but et sans utilité ; qu'enfin la paix était indispensable au bonheur et au progrès des peuples. Et que l'on ne dise point que ceux qui ont empêché que l'Europe ne fût mise à feu et à sang de Cadix à Saint-Pétersbourg, ont rendu des services d'une médiocre importance : le véritable ami de l'humanité se croira redevable à leur égard d'une éternelle reconnaissance. Supérieurs sur ce point aux hommes de l'opposition, qui ne soupçonnaient même pas la puissance des intérêts pacifiques, ils comprirent qu'au degré de développement moral et matériel où étaient arrivées les sociétés modernes, la liberté républicaine, mère de tant d'héroïsme, alors qu'elle aidait à combattre un passé odieux, était désormais sans autels ; que les mots de liberté et d'égalité n'avaient eu d'inspirations qu'en présence de priviléges monstrueux, d'institutions décrépites, de chefs détestés, et que Napoléon ayant fermé la galerie des grands hommes militaires et les portes du temple de la guerre, dont il a emporté les clés, l'arène sanglante des combats n'avait plus à s'ouvrir aux nations. C'est une juste appréciation de notre époque qui faisait dire à M. Thiers, qu'il ne voyait pas ce qu'on pouvait faire après les grandes batailles de l'empire. Pleins de foi en cet avenir pacifique, ils aperçurent, à travers les levées de troupes des gouvernemens étrangers, l'intention de se préserver d'un débordement démocratique, qui doit nécessairement leur inspirer le plus profond dégoût. Ils savaient qu'aucune nation, fors l'Angleterre, ne peut marcher au pas de la France ; que le libéralisme, implanté par la violence, ne tarderait point à sécher sur pied dans la plus grande partie de l'Europe, où les aristocraties, compactes avec les masses, imbues par le catholicisme d'un sentiment de hiérarchie, jouissent d'une popularité fondée sur leurs lumières et leurs bienfaits. Comment ces divers peuples éprouveraient-ils le besoin de garanties à l'égard de leurs chefs, lorsque ces derniers, plus éclairés qu'eux, sont seuls capables de les gouverner ?

Ils n'ont point reculé devant la souveraineté du peuple, mais ils ne l'ont point interprétée comme ces apôtres d'une liberté désordonnée, qui vont prêchant la révolte comme *le plus saint des devoirs*. C'est un principe que l'on doit laisser enseveli dans les fondemens de l'état social. Aucune main humaine ne doit et ne peut l'en retirer ; c'est de lui-même qu'il en sort, évoqué par des événemens inattendus, pour protéger la construction du nouvel édifice. Mais, l'œuvre accompli, qu'il y rentre aussitôt ! autrement, ce principe de salut, suscité par la Providence, devient un instrument d'anarchie ; il confond tous les rangs : le savant et l'ignorant, le sage et l'insensé, le crétin et l'homme de génie, voient passer sur leur tête le fatal et injuste niveau d'une égalité que repoussent les lois même de la nature, puisqu'avec elle il n'y a plus de société possible L'histoire ne nous enseigne-t-elle pas que les téméraires qui se sont hasardés à fouiller dans les entrailles de l'état social pour en retirer ce principe redoutable, en ont été dévorés, comme ces impies qui, portant une main sacrilége sur le temple de Jérusalem, périssaient consumés par les flammes ? Ce principe, appliqué dans toutes ses conséquences, conduit au suffrage universel, au gouvernement des masses. Lancé dans cette carrière, plus de répit : c'est en vain qu'arrivé sur les bords du précipice, l'on voudrait retourner sur ses pas. La voix des révolutions est là qui vous crie : Marche, marche ! et ce refrain terrible, signal de mort impitoyable, retentit à votre oreille jusqu'au fond de l'abîme. Avec un dogme semblable, il n'est qu'un moyen de faire de la logique, c'est de commencer comme la Constituante et de finir comme la Gironde ou le Comité de salut public. La justification rationnelle de ce principe est celle-

2

ci : Accorder au peuple la portion de liberté et de droits politiques dont il est susceptible par son degré de développement moral et intellectuel ; tout pour lui et rien par lui ; faire pour lui tout ce qui est humainement possible, sans porter atteinte aux positions sociales existantes, afin de le mettre à même d'améliorer son sort ; lui garantir l'égalité devant la loi et la possession de la propriété qu'il a légitimement acquise. Entendu de cette manière, gêne-t-il aucunement l'essor des individualités, ou la réalisation des changemens que peuvent réclamer les besoins du temps ? Interprété dans le sens contraire, il ne renferme que des élémens de confusion et de désordre. Il pousse sur la place publique le peuple qui, sous prétexte de faire usage de sa souveraineté, se livre à des menaces ou à des violences, et cherche aveuglément un remède à ses maux, dans l'anéantissement des perfectionnemens industriels. L'autorité, placée en face d'une masse exaltée par des passions frénétiques, manque de la force morale nécessaire pour commander, et les meilleurs citoyens sont troublés dans la confiance qui fait obéir ; ils voient avec douleur les plus belles conquêtes de la liberté réduites à une valeur négative, et les hommes qui ont soulevé cette tempête deviennent la proie des factions.

L'alliance anglaise fut rejetée par les hommes du mouvement, placés sous l'influence de la politique napoléonienne et d'une nationalité étroite. Le parti qui a toujours mis sa confiance dans l'étranger et maudit les succès de la France révolutioniaire, voua, dès ce jour, une haine éternelle et à l'Angleterre et au célèbre diplomate chargé de cimenter cette union Le parti dit du Juste-Milieu eut le mérite de sentir, dès les premiers jours de notre dernière révolution, que l'alliance de l'Angleterre était une alliance naturelle et sainte, puisqu'elle devait avoir pour premier résultat d'imposer la paix au monde, d'éviter la destruction d'une grande partie des richesses de l'humanité dont la France et l'Angleterre sont dépositaires, et d'assurer le triomphe définitif du libéralisme sur les hommes des anciens jours.

Il fut accusé d'inhumanité et de trahison lorsque la Pologne, faisant un héroïque effort pour reconquérir son indépendance, roulait une dernière fois dans son tombeau. Supérieur encore à ses adversaires sur cette question, il eut le mérite de comprendre que sa position topographique, son éloignement de la France et les gouvernemens absolutistes qui l'étreignent de toutes parts, s'opposaient à ce qu'elle reconquit ses prérogatives de nationalité. Loin d'engager la France dans une guerre européenne pour réaliser ce projet chimérique, il sut comprimer au fond de son cœur un élan sympathique pour

cette nation malheureuse. Il n'est personne qui ne se souvienne
que les légitimistes ne déguisaient point leur consternation à
la nouvelle de ses premiers succès, et leur espoir que Diebitch
victorieux viendrait sceller à Paris sa réputation de premier
capitaine du monde. Et ce sont eux qui, usurpant le titre
d'*Ecole française*, se disent complaisamment les seuls hommes
nationaux, les seuls défenseurs de notre gloire et de notre
indépendance ! Légitimistes et républicains saluaient à cette
époque avec transport toutes les causes de rupture entre la
France et l'étranger, avec cette différence que ces derniers,
loin de voir dans la guerre des chances d'asservissement pour
leur patrie, étaient seulement égarés par une générosité irré-
fléchie.

Et les vues prophétiques de nos hommes d'état se réalisaient
point par point ; les tentatives des réfugiés espagnols échouaient
de tous côtés ; en Italie, la voix de la liberté trouvait à peine
quelque faible écho. Il demeura prouvé, dès ce jour, que
le génie des révolutions n'aurait plus à visiter les peuples de
l'Europe ; que la liberté, telle que l'entendirent nos pères,
n'inspirait que de l'indifférence, et que le progrès des peuples
ne pouvait être réalisé que du consentement et par le concours
direct de leurs gouvernemens et de leurs aristocraties.

Quelques flatteurs intéressés du peuple ne cessent de lui
répéter qu'une minorité privilégiée le maintient dans un état
d'ilotisme. Mais il s'élève une voix qui les accuse d'impos-
ture et de déception, et cette voix est celle du monde entier.
Ne sont-ce pas eux qui, sous la restauration, demandèrent
le double vote, l'élévation du cens électoral et d'éligibilité, la
loi du sacrilège, le droit d'aînesse, la septennalité, la censure facultative, les substitutions, les majorats, le rétablissement des couvens, la loi sur les catégories, la guerre
d'Espagne ; se livrèrent sans pudeur aux fraudes électorales,
après avoir immolé Berton, Caron, Ney, Labédoyère,
Duverney, les quatre sergens de la Rochelle ; qui retirèrent
la loi municipale et départementale-Martignac ; couvrirent la
France du réseau du jésuitisme ; et aujourd'hui, comme si
nous en avions perdu la mémoire, ces mêmes hommes ré-
clament à grands cris une réforme parlementaire, la décentralisation, le vote universel, eux qui en étaient autrefois
les ennemis les plus ardens ? N'est-il point manifeste qu'ils
ne demandent ces institutions, dont ils connaissent toute la
perversité, que dans un but de désorganisation ? Elles sont tellement en dehors de nos mœurs et de nos besoins, que
ceux même pour qui sont rédigés leurs journaux, n'y voient
qu'un puissant moyen d'attaque, bien décidés à briser cette
arme après la victoire.

Le parti qui est aux affaires, aidé du bon sens public, a enfin déjoué ces complots. S'il a combattu de toute sa puissance ces systèmes dangereux, il ne s'est point laissé devancer dans la carrière des améliorations véritables. Délaissant le terrain des discussions métaphysiques et nébuleuses, il a présenté aux chambres un projet de loi sur l'expropriation forcée, dans le but de faciliter au gouvernement et aux particuliers les grandes entreprises industrielles, presque impossibles jusqu'ici, et qui désormais assureront au peuple du travail. Ses prédécesseurs avaient déjà apporté à nos codes de sages modifications, réclamées vainement sous la restauration, donné une loi populaire sur les céréales, tandis que ses adversaires consumaient leur temps dans de stériles discussions hiéroglyphiques, interminables, n'offrant aucune conclusion pratique. Que si le gouvernement n'avait point eu à lutter contre les divers partis acharnés à sa perte, la France eût gagné sans doute quelques autres améliorations. Le discrédit dans lequel sont tombés ses adversaires le lui permettra à l'avenir.

Quant au système électoral, voici quelles sont ses vues : Il ne veut point, dans le but de flatter le peuple, le proclamer en masse capable de prendre part aux fonctions législatives, en lui conférant les droits politiques, mais combiner l'élargissement des bases électorales avec les progrès de son éducation morale et intellectuelle, de manière que, par la suite des temps, toutes les classes de la société puissent intervenir dans le réglement des intérêts sociaux. Ainsi sera réalisé le dogme de la souveraineté du peuple. Il est donc faux que le système actuel frappe d'interdiction une partie de la nation, puisque tous ont les mêmes droits d'exercer les fonctions politiques. Seulement, la loi tutélaire y attache des conditions sans lesquelles les destinées de l'état seraient à la merci d'une foule ignorante trop facile à égarer. Les légitimistes et les républicains représentent quotidiennement la France livrée à quelques intrigans disposant de son dernier écu, de son dernier enfant. L'on conçoit ce langage à ces époques où les descendans dégénérés des chefs légitimes des peuples étaient devenus indignes de servir de guides aux sociétés; mais, avant de lancer une imputation semblable, ne faudrait-il pas s'enquérir d'abord si les hommes chargés aujourd'hui du gouvernement n'appartiennent point à la classe la plus éclairée, la plus influente; car enfin oseront-ils soutenir qu'une société peut exister sans chefs et sans subordonnés ? Que les hommes des temps féodaux s'en prennent à eux-mêmes s'ils sont restés en arrière de leur époque, et si la France entière, prononçant leur déchéance, a brisé avec fureur la camisole

de force qu'ils voulaient lui imposer. Le canon de Juillet
a scellé à jamais leur idole dans le cercueil, et la *Gazette* et
le talent de ses rédacteurs ne réussiront point à ressusciter le
Lazare politique. Des capacités incontestables, des habitudes
de travail dans toutes les branches de la civilisation, le pri-
vilége de marcher en tête du siècle, une haute moralité,
leur influence sociale, rendent le gouvernement de la classe
de la société qui est au timon de l'état, nécessaire et légitime.
D'ailleurs n'a-t-elle pas gagné, depuis deux ans, ses éperons ?
S'il n'en était pas ainsi, comment expliquer la raison d'existence, l'affermissement de ce parti, le rétablissement de
l'ordre et l'impuissance de ses ennemis. Son plus grand tort
est de n'avoir point été compris. On l'a long-temps accusé
d'être stationnaire, ennemi de toute innovation. La *Gazette*
avoue elle-même que si la révolution n'eût pas été suivie
d'un système semblable, nous serions retombés dans le régime de la Charte octroyée ou dans les sanglantes folies de 93.
S'il est vrai que ce parti ait commis quelques fautes, on doit
en accuser les difficultés indicibles de sa position, l'aveu-
glement ou la mauvaise foi de ses adversaires. Quelques légères réformes dans l'administration, le perfectionnement
des institutions de crédit, et une bonne loi sur l'enseignement primaire, sembleraient devoir donner à la France quelques années de repos. Cependant l'on ne tardera point à se
retrouver en face de cet esprit inquiet d'innovation et de bou-
leversement qui tourmente notre nation ombrageuse. Trop
préoccupée de sa haine pour son ancien gouvernement, elle
croit que l'indépendance farouche du sauvage dans les bois,
c'est-à-dire une désassociation complète doit constituer les
bases d'une société-modèle. La liberté telle que l'entend un
grand nombre, dupe de quelques sophistes, a été sans doute
un bienfait en présence de gouvernemens qui n'employaient
leur autorité qu'à gêner les peuples dans leur essor ; que
dans ce cas on leur arrache le pouvoir pièce à pièce ; qu'on
leur lie les bras, qu'on les musèle, comme on fit à Charles X,
qui ne voyait, ne pensait et n'agissait qu'à l'instigation d'une
race ennemie, une race étrangère au sein de sa patrie ; mais,
héritiers des lois conquises sous son règne, n'oublions point
surtout qu'elles n'ont pu l'empêcher de faire le mal qu'à la
condition de le mettre dans l'impossibilité de faire le bien.
Et voici la question vitale qu'il est important de décider dès
aujourd'hui : L'homme, ami sincère de son pays, celui qui
n'est point guidé par une opposition systématique, celui qui
ne spécule point sur les embarras qu'il suscite au pouvoir,
en affectant un puritanisme de légalité qu'il sait bien devoir
entraver dans certains cas la marche des affaires, celui-là,

dis-je, doit-il refuser un concours entier et sincère à un gouvernement animé des meilleures intentions, ou apporter à son égard cette défiance qui n'était que trop légitimée par celui de Charles X ? Telle est la question qui dans peu dominera toutes les autres ; alors les hommes continuateurs habiles du système du 13 mars diront avec assurance à la partie éclairée de la population : « Quand le canon n'a plus à parler, « le marteau doit retentir ; le Français doit ou créer ou « détruire ; il n'y a point là de milieu. L'effervescence des « esprits doit être tournée vers les travaux créateurs de l'in- « dustrie ; le bruit des instrumens de production peut seul « étouffer ces discussions stériles et absurdes sur lesquelles « se consument les meilleurs esprits. Nous refuserez-vous les « capitaux et les lois de confiance nécessaires à la réalisa- « tion de nos projets ? Le passé est là pour répondre de nos « intentions pour l'avenir. » Les difficultés que doit faire cesser la solution de cette question vitale ont seules donné naissance au Tiers-Parti, qui est lui-même l'expression vague de ce besoin nouveau.

CHAPITRE IV.

CASIMIR PÉRIER. — LE GÉNÉRAL LAMARQUE.

La carrière de développement et de progrès que parcourt l'humanité à travers les siècles, nous offre des hommes que la Providence semble avoir réservés tout exprès pour rallier les masses égarées dans les sentiers de la justice et de la vérité. Ces hommes diffèrent en cela de leurs semblables, qu'ils ont une vue plus perçante, un sentiment plus profond du caractère, des besoins et des tendances de leur siècle. Parmi ces hommes grands entre tous les autres, les uns ont pour mission d'ouvrir avec fracas les portes de l'avenir, en entraînant à leur suite les masses exaltées par un but glorieux ; les autres, au contraire, arrivés à des époques où la frénésie, succédant à l'enthousiasme, menace la société d'excès démagogiques, sont destinés à ramener dans son lit le torrent populaire, alors qu'il ne pourrait plus marquer sa course que par d'épouvantables ravages. Si la gloire de ces derniers est plus obscure, leurs œuvres n'en sont pas moins utiles. Il leur faut plus qu'aux premiers de ce véritable courage qui fait braver les dédains et les mépris d'une multitude ignare, et sacrifier quelquefois sa mémoire ou sa vie sans entendre à ses derniers momens les fanfares populaires retentir à son oreille. Celui-là seul est à même de les apprécier, qui, s'identifiant avec eux, sait vivre de leur vie et souffrir un instant de leurs douleurs. La vérité est avec eux, et ils se voient honnis et conspués par leurs contemporains, dont ils connaissent mieux les intérêts qu'eux-mêmes. Qui comptera les battemens convulsifs de leur cœur oppressé, et les degrés de cette échelle de torture qui les conduit aux bords de la tombe ou aux marches de l'échafaud ? Tel fut Casimir Périer. Un abîme était béant, prêt à dévorer la société européenne tout entière. Il fallait un holocauste : comme Curtius, il s'y est précipité. Et cependant, hommes frivoles, vous l'avez, pendant sa vie, méconnu, injurié.

Son convoi, s'il n'a point été solitaire, a été grave, silencieux, tel qu'il convenait au caractère et aux opinions politiques de cet illustre citoyen, de ce prince de l'in-dustrie.

Il meurt en même temps ce brave général dont la France s'honore, cet orateur brillant et chaleureux qui, trop préoccupé des souvenirs de l'empire, rêva pour sa patrie des conquêtes et de nouveaux trophées militaires, qu'il prétendait donner pour fondemens à notre jeune monarchie. Il parut trop méconnaître le besoin d'ordre et de paix qui tourmentait l'Europe. Son ame patriotique crut que la liberté républicaine avait encore le don de conduire, de soutenir *les bras vengeurs*. Il se trompa d'époque. Les funérailles de ces deux illustrations politiques sont une image parfaite des résultats que devait amener la pratique de leurs systèmes. Le recueillement accompagne le premier dans la tombe, l'autre voit des jeux sanglans autour de son cercueil, et le génie hideux des guerres civiles, le poignard et la torche à la main, agiter ses serpens sur ses restes tièdes encore ; les soupirs, les sanglots de l'amitié étouffés sous des cris de mort ; de vrais philanthropes réduits à massacrer leurs frères, pour échapper à l'anarchie ; des flots de sang roulant sur sa pierre sépulcrale, nous rappeler ces temps barbares, où de malheureux esclaves étaient immolés sur la tombe des empereurs romains.

CHAPITRE V.

LOUIS-PHILIPPE. — LA LÉGITIMITÉ. — LA QUASI-LÉGITIMITÉ.

LE trône héréditaire ou la légitimité fut de tout temps considéré comme une ancre de salut, une barrière aux projets ambitieux fermant l'arène des guerres civiles où les nations se seraient précipitées avec fureur à la mort de leurs rois. Sans elle, en effet, les bases fondamentales de la société peuvent être déplacées selon les caprices du premier utopiste qui a su flatter les passions populaires. C'est le sentiment de cette garantie d'unité, d'ordre et de stabilité qui attache si fortement les hommes à ce principe conservateur.

L'histoire des monarchies modernes nous offre cependant plusieurs exemples où cette légitimité par droit de naissance a été foulée aux pieds et a péri quelquefois même par la main du bourreau. Quant aux causes qui ont amené ces effroyables catastrophes, on croit les reconnaître aux dissentions survenues entre les peuples et leurs chefs, lorsque ces derniers, froissant trop violemment leurs tendances et leurs besoins nouveaux, ont tenté d'entraîner les nations dans des voies rétrogrades. Alors les gouvernés ont audacieusement opposé la souveraineté du peuple au droit divin, sur lequel les rois prétendaient baser leurs droits immuables et l'asservissement perpétuel des peuples à leur volonté capricieuse ou barbare. Alors seulement la Providence a permis de se servir de cette terrible catapulte comme d'un dernier moyen de salut. On s'aperçoit, au premier abord, qu'il n'a jamais été employé dans de misérables intérêts de parti ou de classe, mais bien pour rejeter, comme une écume immonde, les institutions surannées et leurs imbéciles représentans. En examinant la question de plus près, à l'effet de trouver une solution au problème soulevé par la révolution de 1830, on découvre que cette prétendue infraction au dogme de la légitimité, invoquée par les partisans de la branche aînée, n'existe point en réalité. Il est une observation fondée sur les faits et la philosophie de l'histoire, qui jette la plus vive lumière sur cette importante question.

La légitimité, au sommet de la hiérarchie sociale, a subi des modifications dans les principes constitutifs de son essence. La royauté de nos premiers monarques ne s'est-elle point avancée de plus en plus vers le droit divin ou l'absolutisme à son apogée sous Louis XIV, qui pût dire : *L'Etat, c'est moi?* La royauté de Louis XIV n'a-t-elle point subi de notables transformations dans celles de ses successeurs, et toujours dans le sens opposé au droit divin ou l'absolutisme, de manière que les principes sur lesquels reposait la légitimité de Louis XVI, de Louis XVIII et de Charles X, différaient sous beaucoup de rapports de ceux qui servaient de base à la légitimité de leurs prédécesseurs, puisque, antérieurement, le pouvoir royal absorbait tous les autres, et que plus tard, lorsque le Tiers-Etat se fut relevé de son abaissement, il vit deux autres pouvoirs représentant l'un les intérêts du peuple, l'autre les droits héréditaires, marcher ses égaux. Les modifications qu'a subies le principe de lalégitimité peuvent se combiner avec celles apportées à l'hérédité dans les fonctions civiles et militaires. Ainsi la royauté de juillet était en germe dans les trois précédentes, dont les infirmités et la somnolence annonçaient une dernière transformation prochaine et définitive. Le soleil de juillet a donné l'essor à la royauté chrysalide et à la légitimité régénérée dans son principe. La France, dans sa marche triomphale, a laissé bien loin derrière elle l'ancienne légitimité. Il n'est aucun de nous qui ne puisse lui dire :

> Au trône de nos rois, dont vous êtes jaloux,
> Le dernier des Français a plus de droits que vous.

Le foudre populaire, en frappant l'homme, a donc respecté *le Dieu.* Que les amis de l'ordre se rassurent : ils sont stériles et vains ces appels que font à la souveraineté populaire des fauteurs d'anarchie, en dehors de leur siècle et de ses véritables intérêts. Elle n'est point arrachée, cette ancre de salut, cette garantie de gloire et de bonheur ; elle est vivante devant eux, incarnée dans la royauté sortie des barricades. Ainsi s'explique, par la dégénérescence de l'ancienne légitimité, cette indifférence avec laquelle sont accueillies les protestations même éloquentes contre l'ordre de choses établi. La république française, Napoléon, dont la gloire roturière fit pâlir les astres de l'ancienne légitimité, ont été les précurseurs de la royauté-citoyenne. D'ailleurs, le vieux drapeau blanc, représentant symbolique du passé, devait tôt ou tard disparaître.

Le trône, devenu vacant par la force des événemens et par la filiation contestée du duc de Bordeaux, la France se vit menacée de la guerre civile et d'une invasion. Tous les esprits se tournèrent vers Louis-Philippe, comme le seul homme capable de conjurer ces calamités. Lors de son avénement, personne ne protesta. Plus tard seulement, les partisans de la branche aînée se rappelèrent qu'un rameau détaché du vieux tronc vermoulu croissait sur la terre étrangère. Ils choisirent dès-lors un enfant pour porte-bannière de leur système rajeuni, à l'aide duquel ils espérèrent reconquérir le terrain perdu pendant quarante ans.

Des amis sincères de la nouvelle monarchie lui ont appliqué à tort le mot de *quasi-légitimité*. La royauté de juillet a trouvé l'onction des sacrifices dans l'impérieuse nécessité des circonstances et dans son droit de naissance, quoique l'on puisse dire. De semblables événemens accomplis à la face du monde entier, n'ont été inattendus et surprenans pour le plus grand nombre, que parce qu'ils étaient marqués au sceau de la Providence. Les divers partis, invoquant le principe de la souveraineté nationale, ont prétendu qu'un petit nombre seulement avait concouru à son élection ; et ils se sont répandus contre elle en déclamations furibondes, en sophismes plus ou moins ingénieux ; et à mesure qu'ils soufflaient la discorde, la calomnie et la haine, le trône se consolidait, de même qu'un jeune chêne battu par la tempête, enfonce de plus en plus ses racines, et aucuns ne pouvaient s'expliquer ce phénomène.

D'autre part, comme pour faire pendant à ces discussions frivoles, des hommes aussi savans que bien intentionnés, s'occupaient de savoir si Louis-Philippe avait été élu *quoique Bourbon*, ou *parce que Bourbon*. Oui, sans doute, il fut élu *quoique Bourbon* et *parce qu'il était Bourbon*. *Quoique Bourbon*, par ceux qui, trop préoccupés de leur haine pour l'ancien régime et la branche aînée, qu'ils regardaient comme son dernier débris, ne songeaient aucunement au principe d'ordre qui leur était inhérent. *Parce que Bourbon*, par ceux qui, trop exclusivement dominés par le besoin d'unité et de stabilité, ont vu principalement dans Louis-Philippe, descendant des anciens rois, l'incarnation de ce principe ; ce qui prouve que, tant à cause de son origine que de son noble caractère reconnu, il avait en lui de quoi donner à tous satisfaction.

CHAPITRE VI.

M. DE CHATEAUBRIAND. — LA GAZETTE.

Lorsque la Providence quitta pour la première fois les autels des payens, et que l'humanité, comme une immense caravane, traversait les décombres et la poussière de Palmire et de Memphis, pour aller embrasser les autels du Dieu nouveau, le génie des temps passés se dressa, dit-on, gigantesque au milieu des chapiteaux épars et des fûts renversés, poussant un long cri de douleur ; ainsi Chateaubriand, au pied de la forteresse solitaire, fidèle aux souvenirs de son enfance, chante à la foule qui passe indifférente son désespoir et ses regrets. Dernière et magnifique colonne d'un temple qui s'écroule, il est la borne colossale qui sépare un monde ancien d'un monde nouveau. Il est ce voyageur pantelant qui, après avoir charmé les fatigues de la route par la sublimité de ses chants, s'arrête tout-à-coup au milieu du désert immense, impénétrable, et refuse de croire qu'il soit encore permis d'avancer. Alors, *de la lucarne de sa géole expiatoire*, il se prend à maudire sa patrie, à proclamer l'humanité déchue. Il ne voit que désordres, que ruines ; le présent se rapetisse à ses yeux de toute la grandeur du passé. Arrivé sur le seuil d'une *ère de transformation*, il est ce colosse qui a un pied dans le passé, l'autre dans le présent, l'œil fixé vers un avenir couvert pour lui d'épais nuages, et que son génie, armé du prisme antique, se désole de ne pouvoir percer. Il protége la restauration de ce qui a échappé au naufrage, et plus tard, après que le flot populaire, ébranlant dans ses fondemens l'édifice catholique et féodal, en a jonché la terre, il vient pleurer sur leurs débris ; esprit biblique et homérique, il visita les savanes du désert et les rives du Jourdain ; il s'attendrit aux désastres de la Grèce, livrée au sabre du musulman de la Grèce poétique, de la Grèce chrétienne, de la Grèce de Thémistocle et de Miltiade, de Byron de Botzaris et de Joseph, déterrant avec la croix la statue de la liberté enfouie depuis trois mille ans, dans la plaine de Marathon. Comment pourra-t-il oublier ces croyances dont se berça si long-temps sa muse et ces champs où sa jeunesse moissonna tant de lauriers ? Alors, si parmi ces débris amoncelés il vient à rencontrer quelque vieille pagode, l'inspiration lui prête de nouveaux accens, et les hommes, qui faisaient le deuil du culte délaissé, suspendant leur douleur, écoutent avec ravissement cette voix qui parle si puissamment à leur ame, qui connaît si bien les secrets de leur cœur.

La grandeur des services rendus à la branche aînée dont il plaida si éloquemment la cause en face du trône impérial, le plaisir que ressent un grand homme à se venger de l'ingratitude par des bienfaits ; les malheurs inouïs de cette famille, l'espoir de lui rouvrir une troisième fois le chemin du trône, son secret dépit de voir le *Tiers-État* au timon des affaires, peut-être aussi l'orgueil d'un grand nom, devaient le mettre en rebellion contre l'ordre de choses actuel. Au milieu des discordes civiles, il avait à faire entendre des paroles de paix et de concorde, à cultiver parmi les hommes l'amour de leurs semblables. Il a préféré une mission de haine et de vengeance ; et ces divinités infernales ont été puiser leurs horribles inspirations dans un cœur où la muse chrétienne, pleurant ses autels renversés, vint allumer son dernier encens.

Le parti dont il embrassa la cause, dès ses premières années, l'a admiré et conspué tour-à-tour. Les hommes, dans les rangs desquels il a combattu quelque temps, ne s'étaient point rendu compte de ce mouvement oscillatoire qui l'a porté alternativement dans les deux camps. M. de Chateaubriand, qui a tant contribué par son influence personnelle et ses écrits à notre dernière révolution, n'avait sans doute point calculé la portée de ses coups. Excité par les louanges du libéralisme qui s'était emparé dans les derniers temps du monopole de toutes les gloires, il se laissa aller à l'impulsion générale des esprits. Artisan de la dernière révolution, il répudia quelques jours après son œuvre. Comment expliquer ce pas rétrograde vers un passé que la France a rejeté sans retour ? Etrange destinée que la sienne, il monte sur le trépied populaire, menace de ses sinistres prophéties Charles X et ses ministres, et leur prédit le jour où la France entière se mettra aux fenêtres pour voir passer la vieille monarchie ! Le parti royaliste le frappe d'anathème, et lui jette au visage de la boue ; ce n'est plus qu'un *renégat*, qu'un *jacobin*. Remonté sur le trépied catholique et féodal, il maudit le gouvernement issu des barricades, et semble croire que les *Français* sont descendus *au dernier degré de l'échelle des peuples*. Le parti royaliste encense de nouveau son idole.

Dans sa dernière brochure, M. de Chateaubriand représente *son siècle* comme un *désert de caractères et de talens ; et madame la duchesse de Berry paraissant d'autant plus élevée qu'un bas niveau s'étend autour d'elle ; sa gloire, comme un anachronisme.*

Un long pèlerinage s'est établi à Notre-Dame de Blaye.

Entre Charles VII, Henri IV et Marie-Caroline, il n'y a que la différence du succès. Si l'admiration se proportionne à la grandeur du péril et à la faiblesse des moyens de celui qui s'y expose, Marie-Caroline l'emporte sur ses aïeux.

L'hyperbole poussée à ce point deviendrait une plaisanterie dans la bouche de tout autre. Après un semblable éloge, qu'aurait-il pu dire si Madame au lieu de se tenir coi, et de laisser à d'autres le soin de plaider sa cause, se boutant dans la mêlée, eût féri quelques coups d'épée, à l'imitation de la vierge de Vaucouleurs.

Les régnans du jour ont dédaigné la religion. Placé à la tête de trente-trois millions de chrétiens, ce gouvernement d'entre-temps reste étranger à leur culte, ne sympathise avec les besoins de leur piété, et ne s'associe à leur prière.

Que deviendrait alors l'égale protection de tous les cultes, et l'indifférence en matière de religion n'était-elle qu'une illusion de M. de Lamenais? Comment accorder ce système avec les vœux formés par ce dernier et l'ultra-libéralisme, pour que le clergé ne soit point salarié par l'état? Quelle divergence d'opinions entre ces deux puissans représentans du catholicisme! Et la loi athée....

Telle est, dans sa plus haute expression, la foi politique et religieuse de M. de Chateaubriand, qui ne laisse point de chanceler, puis de disparaître tout-à-coup.

L'ordre social, dit-il, se décompose ; l'anarchie introduite dans les intelligences, menace la société matérielle. On ne s'entend sur rien ; la confusion d'idées est incroyable.... Tout avorte, tout se dément, personne n'est semblable à soi-même, et n'embrasse toute sa destinée ; aucun événement ne produit ce qu'il contenait et ce qu'il devait produire. Les hommes supérieurs de l'âge qui expire s'éteignent. Auront-ils des successeurs ? Les ruines de Palmire aboutissent à des sables... Nous ne sommes pas, comme il le semble à plusieurs, dans une époque de révolution particulière, mais à une ère de transformation générale. La société entière se modifie. Quel siècle verra la fin du mouvement? Demandez-le à Dieu. Les générations advenues dans ces périodes comptent pour rien, ou plutôt elles sont enfouies comme matériaux bruts dans les fondemens de l'édifice. Sur leur débris s'élevera le nouveau temple

C'est ainsi qu'il se cache à lui-même la froideur de son propre parti pour l'ancienne légitimité.

Madame a vu par elle-même que le royalisme en France a changé d'esprit. La Bretagne et la Vendée sont toujours courageuses et fidèles, mais la forme de leur dévoûment a subi les modifications des siècles. .. C'est qu'il faut que tout change en un clin-d'œil, à ces époques de transformation où le fleuve du monde se précipite plus vite.

Il prétend que le parti légitimiste est opprimé, et qu'excepté dans quelques cœurs dignes de lui donner asile, la liberté n'est nulle part.

La seule oppression qui pèse sur ce parti est de ne point se trouver au pouvoir. Les libéraux ont-ils jamais publié contre le gouvernement déchu, tout mérite littéraire à part, une brochure aussi virulente que celle de M. de Chateaubriand. Je suppose que, sous la restauration un pauvre soldat, *humble débris d'un héroïque empire*, se fût permis cette apostrophe : Illustre captif de Sainte-Hélène, Napoléon, *que votre absence d'une terre qui se connaît en héroïsme, amène la France à vous répéter ce que mon indépendance politique m'a acquis le droit de vous dire :* Napoléon, vous seul êtes *mon roi !* Je vous le demande, ne l'aurait-on point fait pourrir dans les prisons ? Et l'on ose dire que sous le gouvernement de Louis-Philippe il n'y a point de liberté ! S'il est un reproche que l'on soit en droit de lui faire, c'est d'être trop généreux, trop indulgent à l'égard de ses ennemis. Peut-être que la clémence est inséparable de la force, non point de cette force brutale, oppressive, de peu de durée, qu'emploie l'ignorance pour soutenir des institutions décrépites, mais bien de cette force morale et matérielle, qui a ses racines dans les intérêts et les sentimens les plus intimes. Et après les efforts impuissans de ses ennemis, livrés aujourd'hui à la publique risée, qui oserait nier que tout germe civilisateur à développer, que toute légitimité, quant à la science et au droit de gouverner, qu'en un mot tout l'avenir de la société européenne ne se trouve dans le parti qui est aux affaires.

M. de Chateaubriand, tout en prédisant une guerre européenne imminente, reproche à notre gouvernement de n'avoir point *passé le Rhin* et doté la France de la frontière, qu'il croit indispensable à sa sûreté Il y eût réussi, d'après lui, *sans brûler une seule amorce, tant était vif l'assentiment des peuples, grande la stupéfaction des rois…. Si les hommes rêvent la paix, les choses imposent la guerre. Au lieu de profiter de son élément républicain pour marcher vite, le* gouvernement français *a eu peur de son principe ; il a abandonné* les nations soulevées *pour lui et par lui ; il les a rendues adverses de clientes qu'elles étaient ; il a éteint l'enthousiasme ; il a changé en un pusillanime souhait de paix un désir éclairé de rétablir l'équilibre des forces entre nous et les états voisins. Les hostilités sortiront d'une incompatibilité de principes, alors que les avantages de position seront du côté de l'étranger.*

Toute cette politique, la lance au poing, n'ayant en vue qu'un agrandissement de territoire, tombe devant cette vérité : qu'un royaume n'est point heureux, en raison de son étendue, et l'axiome nouveau : que chaque peuple, chaque classe a son génie propre, sa destination particulière, et qu'on ne saurait imposer à tous les mêmes formes de gouvernement. Nous ne devons plus dire, avec la vieille France : guerre aux germains, mais bien paix et amour à tous les peuples !

Placé à ce point de vue d'antagonisme, il s'efforce de nous persuader que les cabinets étrangers n'attendent que le moment favorable pour anéantir l'œuvre de Juillet.

Le désir de renverser la monarchie républicaine, désir dont l'accomplissement est éventuel et ajourné, n'en resterait pas moins invétéré au cœur des princes; que les puissances seraient amenées à chercher des garanties dans des cessions de territoire de notre part. Les alliés continentaux reprendront leurs projets de garanties contre ce qu'ils appellent la France révolutionnaire.

Plus même, il y aurait en France apparence d'ordre et de prospérité, plus les gouvernemens absolus seraient effrayés, parce que la tentation pour leurs peuples serait plus grande.

Il n'est point vrai que *la France de 1830, dise à parte (il me faut la frontière du Rhin pour garantir mon indépendance)*; il n'est point vrai que *l'Europe de 1815 dise en secret (il me faut l'Alsace, la Lorraine et la Flandre pour garantir ma paix intérieure).*

L'europe de 1815, dans la crainte de l'ultra-libéralisme, se tient sur ses gardes, et voilà tout. — Ce n'est point en vain qu'il tente de disculper le parti vaincu, d'appeler l'intervention étrangère.

Mais si la guerre à laquelle on a donné pour nous de mauvaises chances qu'elle n'avait pas, peut menacer le trône de Louis-Philippe, la duchesse de Berry n'a pas mis son espérance dans l'étranger; elle aimerait mieux que Henri V ne régnât jamais que de devoir sa couronne au patronage d'une coalition nouvelle.

Après avoir blâmé et notre politique et celle des cabinets étrangers, par cela seul qu'elle est pacifique, il ajoute : *toutes fautes similaires qui produiront des conséquences analogues ; avec une semblable politique, on amènera la république universelle pour en finir, et comme vengeresse de toutes ces lâchetés.*

Les derniers écrits de M. de Chateaubriand, empreints d'un esprit féodal et d'une politique rétrograde, nous portent à croire que sa carrière d'homme d'état est terminée. On ne saurait, dès aujourd'hui, lui concevoir d'autre mission que de protéger, active sentinelle, l'arrière-garde de l'humanité. Quoiqu'il en soit, ne restons point infidèles au culte du génie. Gloire et respect à cette grande ruine !

———◆———

La critique ingénieuse, séduisante, de la *Gazette,* organe officiel du parti légitimiste ; son habileté à présenter les faits sous un jour favorable à ses opinions, sa prétention à résoudre le difficile problème de la liberté et du pouvoir, en établissant un accord parfait entre l'ancienne légitimité et la souveraineté populaire, c'est-à-dire la force dans le pouvoir et une entière indépendance dans le peuple ; de ramener la France à son ancienne constitution, à l'abandon de laquelle elle attribue les désordres et les révolutions de ces quarante dernières années, et d'offrir une organisation sociale, complète, méritent bien qu'on étudie son système avec une attentive impartialité. Par quelles voies les anciens légitimistes ont-ils été conduits à délaisser tout-à-coup des principes qu'ils avaient défendus si long-temps, à passer du double vote, de la restriction des droits électoraux, au suffrage universel ; du monopole de la centralisation à l'affranchissement complet des communes et des provinces ?

D'abord, ils ont vu dans leurs précédens un obstacle invincible à leur projet de persuader à la France qu'ils étaient désormais dévoués à ses intérêts généraux ; qu'ils avaient puissance de rallier tous les Français, et de clore la longue série de nos agitations intestines. Leur but principal étant de ramener à tout prix la dynastie déchue, il fallait intéresser la majorité au rétablissement de ce pouvoir, en flattant ses passions par la promesse de l'exercice complet de sa souveraineté. Ce principe, reconnu dangereux, inapplicable, absurde par les libéraux les plus ardens, proposé par eux comme le droit commun, comme un droit inaliénable, fondé sur l'ancienne constitution du royaume, semblait devoir leur conquérir la faveur populaire. Voici la traduction de leur idée. Peuple français, peuple d'ilotes, tu as été indignement déçu ; ils t'ont proclamé souverain, et ils te refusent l'exercice de ta souveraineté ; nous te l'accordons, nous ; mais ce droit, tu ne peux l'exercer sans danger qu'après le rétablissement du pouvoir légitime, et cependant tous les hommes de ce parti, excepté les habiles, disaient à qui voulait l'entendre que le suffrage universel menait droit à la république, à la négation de toute autorité, au chaos, que la *Gazette* n'y voyait qu'une arme contre le libéralisme vainqueur, et que son but atteint, c'est-à-dire qu'une fois en possession du gouvernement et de la force matérielle, on serait toujours à temps de revenir sur des erreurs qui auraient eu des résultats aussi avantageux. Dans cette nouvelle comédie, les renards de la *Gazette* nous auraient cédé volontiers le rôle du corbeau ; sauf à dire plus tard au Tiers-État, débusqué de ses positions :

> Mon bon monsieur,
> Apprenez que tout flatteur
> Vit aux dépens de celui qui l'écoute.

Pensaient-ils donc que le peuple pour qui ils affichent tant de sollicitude, ayant refusé ces mêmes présens de mains amies, ne les rejetterait pas offerts par eux en leur appliquant le

♦ Timeo Danaos, et dona ferentes.

3

Mais comment étayer ce système, lui trouver dans le passé une puissante justification ? C'est alors qu'ils conçurent l'heureuse idée de rattacher tous nos désastres à *l'usurpation de l'Assemblée constituante sur les droits du peuple, sur ceux du roi, sur la puissance du temps, qui jusque là avait tout constitué en France ; à cette souveraineté absolue exercée sur les faits constitutifs d'une société de quatorze siècles, sur les conditions organiques et fondamentales de cette société,* en prouvant que nos discordes civiles proviennent de la lutte établie par cette usurpation, entre la légitimité constituante du roi et la souveraineté constituante du peuple ; que *les régimes divers qui se sont succédé ne sont que les phases de cet astre qui préside encore aujourd'hui à toutes les destinées de la France ; qu'on a subordonné à ce fait les principes de morale universelle, les intérêts des particuliers, tous les droits divins et humains, les idées de justice, d'équité, la religion, la liberté, la propriété des Français ; ou plutôt qu'il est devenu lui-même la justice, la morale, la religion, la raison de la France ; que c'est pour le soutenir à la face du monde qu'on a tué Louis XVI, qu'on a mis en mouvement la guillotine de la terreur et le balancier du Directoire, qu'on a créé l'empire du sabre, qu'on a imposé à Louis XVIII la Charte de* 1814, *qu'on a chassé en un seul jour trois générations de rois ; qu'une usurpation de mandat, un véritable abus de confiance* était *la précieuse idole à laquelle on a immolé les rois et les peuples, et qui a reçu en holocauste les trésors et le sang de plusieurs générations.* L'on conçoit que d'un pareil système découlait la nécessité de recommencer la révolution dont ils n'acceptent que les six premiers mois de la Constituante. La seule et monstrueuse prétention de nier, de rayer des fastes de l'humanité la plus grande manifestation de la Providence dans les temps modernes, la révolution française, n'est-elle point une preuve foudroyante de la fausseté et de l'impuissance d'un semblable système ? Oui, les grands événemens heureux ou malheureux, accomplis depuis lors, tous utiles à l'émancipation des peuples, ne sont point le produit de la corruption, de la perversité d'une époque ; ils ont tous été inévitables, nécessaires. C'est à tort qu'ils reprochent au gouvernement d'invoquer un *nouveau droit divin, la nécessité.* Cette nécessité, c'est la volonté même de la Providence qui s'est prononcée manifestement contre eux, et qui saura arrêter leurs complots. N'ont-ils point senti qu'ils la méconnaissaient, l'outrageaient, la condamnaient en affirmant qu'elle avait permis que la nation, le foyer de la vie humanitaire, se traînât péniblement pendant quarante ans, malheureuse victime, nouveau Christ des nations, au milieu des éclairs et des tonnerres, dans un sentier bordé d'échafauds ruisselans de son sang précieux, et semât avec profusion les membres palpitans de ses fils sur mille champs de bataille, sans aucun profit pour le reste des hommes? L'athéisme seul peut inspirer d'aussi désolantes maximes. S'il en était ainsi, le dieu Moloch serait moins barbare que le dieu des chrétiens. Peut-on attribuer à une aveugle fatalité, à une étrange aberration de l'esprit humain, au caprice de quelques hommes, la destruction des droits, des priviléges, des titres féodaux, l'étonnant passage d'un Napoléon, le plus grand civilisateur des temps modernes, dont le bras puissant n'a point secoué en vain tant de peuples et tant de rois. Eh quoi! le nouveau César, sa gloire et ses hauts faits ne seraient que le résultat d'un procès-verbal de la Constituante? Hommes de la *Gazette*, pour arriver jusqu'à vous, il faudrait effacer de l'histoire le sillon profond et lumineux tracé par Mirabeau et Bonaparte, à qui la France doit sa gloire et sa liberté. Mais non, trève à ces blasphèmes! Reconnaissons aux angoisses, aux tortures et aux sacrifices imposés à la France, qu'il est dans les desseins éternels de faire acheter à l'homme les améliorations à sa destinée, de ses plus nobles sueurs, du plus pur de son sang. Et c'est dans le retour vers un passé si distant de nous, que nous trouverions la prospérité et la liberté, la gloire et la fin du long débat entre le peuple et l'ancienne légitimité, relativement au pouvoir constituant qu'ils se sont arrogés tour-à-tour. Vous rapportez tout, non au mouvement infini, à un plan providentiel, mais à *l'orgueil de l'homme, à la présomption, à la perversité d'une époque, à une de ses déviations, qui parfois ont égaré la civilisation dans sa marche.* Et qui ne sait aujourd'hui que la marche de la civilisation n'a jamais été interrompue; que la loi de perfectibilité ne s'est jamais démentie. A quoi servirait l'étude de l'histoire, s'il n'y avait aucun bien, aucun enchaînement dans la succession des faits du passé. Seulement les germes civilisateurs comprimés chez un peuple l'ont quitté pour aller chercher dans des climats lointains des cieux plus amis, une atmosphère plus favorable à leur développement. Non, un aveugle destin ne se joue point de l'humanité; *les chutes des nations* ne sont point *la répétition ou le retentissement de la chute de l'homme.* Quant à la prétendue usurpation de l'Assemblée constituante, l'assentiment général n'était-il pas la condition première, indispensable de sa réussite? Convenez donc que si la voix de Mirabeau et des autres célèbres motionnaires trouva un écho dans tous les cœurs, c'est qu'elle était l'expression fidèle de la volonté nationale. Comment croire que des institutions bonnes à une époque éloignée le soient encore aujourd'hui, lorsque la société est complétement changée dans ses sommités et ses profondeurs? Leur excellence dans le passé n'est-elle point elle-même une garantie certaine de leur insuffisance actuelle; comment prétendre qu'une nation aussi mobile que la nôtre doive être éternellement enchaînée à un certain mode d'organisation qu'ils disent lui être propre; que les anciennes constitutions sont seules capables de maintenir intacts les droits du peuple et ceux de la royauté? Les Etats-Généraux avaient été convoqués par Louis XVI, en vertu de la constitution de la France. Les circonstances extraordinaires où se trouva la Constituante; des abus innombrables; les besoins d'une réforme sociale qui agitaient la France dans ses fondemens les plus intimes; le relâchement du bien politique et religieux; la vieille royauté dégradée par les orgies de la cour de Louis XV; le scepticisme, philosophie descendue du palais des rois dans la chaumière du laboureur; l'esprit de défiance répandu dans toutes les classes; les embarras de finance auxquels était livré le gouvernement et l'urgence de parer à tous ces maux qui la força à décréter qu'*elle passerait outre à ses travaux, sans avoir aucun égard aux engagemens que des membres auraient pu prendre avant de siéger dans son sein,* n'expliquent-ils pas la faiblesse et le peu de valeur de cette constitution? En présence de ces événemens inouïs, ils voudraient que ses membres eussent été esclaves des opinions commandées par chaque bailliage. Mais ces mandats incomplets et divers sur plusieurs points, les eussent mis dans l'impossibilité de délibérer. On ne saurait concevoir un député lié de la sorte, privé de toute spontanéité, de son libre arbitre toutes les fois que sa conscience serait en désaccord avec la volonté de ses commettans. La Constituante ne fut-elle point abreuvée d'avanies, menacée; le roi lui-même, égaré par des conseillers perfides, n'apporta-t-il pas des obstacles à la réalisation des projets de cette assemblée qu'animait les meilleures intentions? S'il était vrai que ces constitutions fussent une condition si intime de l'existence politique de notre patrie, comment expliquer le degré de gloire et de bonheur qu'a atteint la France sous les règnes, où tombées en désuétude, elles étaient oubliées de tous? Sied-t-il de faire sonner si haut les libertés du peuple français, basées sur ces assemblées générales, les historiens n'étant pas même d'accord sur les temps de leur tenue, ayant confondu les états particuliers avec les états généraux, et ces derniers avec de simples assemblées de notables, des lits de justice, des conseils nombreux tenus par les rois? Que nous sommes loin de ces temps où dans la France, divisée en castes, le Tiers-Etat s'expliquait par requête, présentée à genoux au pied de l'échafaud dressé pour le roi, la noblesse et le clergé. D'ailleurs, qui ne sait que ces prétendus états-généraux n'étaient qu'illusoires; que leur objet était toujours de la part du prince de leur demander quelque aide ou autre subside pour soutenir la guerre; que quant à leurs diverses représentations pour la réforme des abus introduits dans la justice, les finances, et autres parties du gouvernement, le roi n'en tenait aucun compte; qu'il rendait des ordonnances pour la levée des impôts, nonobstant le refus de concours de ces redoutables assemblées; que déjà sous Louis XI ces fameux états-généraux avaient entièrement perdu leur crédit?

Le roi, dit la *Gazette*, réalisait dans l'intervalle des assemblées les délibérations qui y avaient été prises. Où serait alors l'équilibre des pouvoirs; qui réglerait le temps de la tenue de ces états et les conflits intervenus entre le roi et ces assemblées, vrais simulacres de représentation dans le cas où il se refuserait à exécuter? Croit-elle avoir poussé la souveraineté du peuple à ses derniers résultats avec ses six millions d'électeurs? Que de réclamations encore! Les héritiers légitimes de l'ancienne galanterie française ont-ils pu mettre hors la loi, déclarer indigne d'intervenir dans les affaires de la cité et du royaume, la plus belle moitié du genre humain? Cette omission de leur part ne démontre-t-elle pas que leur système aussi admet des limites? Pourquoi toujours proposer pour remède les institutions du passé, des assemblées générales, des mouvemens et remaniemens des masses, invoquer le génie de la foule? Sans doute l'impéritie et l'immoralité des anciens gouvernans ont rendu ces assemblées du peuple nécessaires, bienfaisantes. Mais aujourd'hui que nos institutions assurent le pouvoir aux capacités éprouvées, espérer que la foule-chaos trouvera le remède que les premiers auraient en vain cherché; que les boules diront ce que les hommes n'ont pu dire, est d'autant plus absurde, que les masses ont toujours appelé des cœurs plus aimans, des têtes plus intelligentes, capables de leur imprimer une impulsion unitaire. La lumière ne vient que d'en haut. Les grands siècles ne portent-ils point le nom des grands hommes qui les ont illustrés; l'histoire du monde ne se résume-t-elle point dans un catalogue de noms propres, de puissans génies dont les masses n'ont été que les instrumens? Pour mieux comprendre le peu d'avenir des opinions de la *Gazette,* et le faux point de vue historique où elle est placée, il suffira de citer sa manière d'envisager les faits principaux accomplis depuis 89, et les conséquences qu'entraîne pour elle le besoin de tout rattacher à la prétendue usurpation de la Constituante. Elle s'attache à présenter quotidiennement le parti de la révolution comme l'ennemi constant des intérêts généraux ayant placé, en 1789, le pouvoir constituant dans le peuple, *afin de désorganiser à son gré la société, et de s'approprier les dépouilles de la France;* comme ayant vicié la restauration à son début, *en suggérant au roi l'idée de constituer la France; qu'à l'aide de ces maximes corruptrices, il avait placé Louis XVIII dans sa dépendance,* puisque *le pouvoir que le roi prenait allait être exercé par lui et pour lui.* D'après elle, de la majorité de 1815 dépendaient les principes de liberté et les droits généraux, et n'attendait que le moment favorable pour proclamer le vote universel, les libertés communales et départementales. Le parti libéral au contraire demandait des lois d'exception, ne craignait pas *de recourir aux étrangers pour arrêter le mouvement de régénération* que préparaient les royalistes, *et sacrifiait ainsi la dignité de la nation comme il avait sacrifié celle du monarque ; il répondait aux accens de la liberté par le bruit des chaînes.* Serait-ce par hasard dans le but d'étendre les droits électoraux que les royalistes d'alors détruisaient la loi du 5 février, demandaient le double vote, la loi de tendance, celle sur la censure facultative, la loi de permanence des listes, le droit d'aînesse, le maintien des jésuites dans l'enseignement ? Leur demandez-vous la raison de semblables attentats, ils vous répondent que s'ils s'efforçaient de rétrécir autant que possible le cercle des droits électoraux, c'était afin de s'assurer la majorité dans la chambre élective, pour plus tard proclamer le vote universel ; que si les chefs de la majorité de 1815, arrivés au pouvoir, ne réalisèrent point ces projets, c'est qu'ils n'avaient pas une majorité monarchique dans la chambre inamovible ; que leurs atteintes à la charte ne tendaient qu'à réaliser par la législation le système d'organisation sociale que réclamaient les intérêts nationaux ; que tous les efforts de la presse et de la tribune révolutionnaire, protégeant les germes de mort que contenait la Charte pour le principe qui l'avait donnée, empêchaient le parti royaliste de réparer les lésions que l'intérêt national avait subies sous l'influence de l'esprit de monopole ; de faire jouir le pays des droits politiques, de rétablir les localités dans la gestion de leurs intérêts, et que si ce dernier a daigné exercer la centralisation et le monopole, c'est que pour *réaliser le système social qu'il avait développé à la tribune, il fallait prendre une voie indirecte pour arriver à ce résultat ; qu'au lieu d'élever un édifice complet, il devait soutenir de toutes parts l'édifice chancelant de la restauration pour rectifier, par des travaux en sous-œuvre, les bases vicieuses qu'on lui avait données ; que si la monarchie eût succombé dans la guerre que lui faisait le libéralisme, la révolution triomphait, et tout l'espoir d'une régénération sociale, fondée sur les droits et les libertés de tous les Français, était pour long-temps évanoui ;* que la loi municipale et départementale du ministère de 1828 fut rejetée par lui, non parce qu'elle était trop démocratique, mais parce que cette loi, mélange d'abandon et de défiance, maintenait la centralisation dans toute sa force.

Les légitimistes de la *Gazette,* qui ne reprochent au ministère Polignac que d'avoir oublié l'emploi d'une force suffisante, de n'avoir point attendu que le tort, de verbal qu'il était encore par l'adresse, devînt matériel par un refus de concours réel, prétendent que Charles X était dans le droit de légitime défense, et que les inexcusables concessions du ministère Martignac l'avaient obligé de tâcher de ressaisir en un jour par la violence, ce que dix-huit mois de faiblesse avaient donné.

C'est ainsi qu'ils expliquent l'effacement complet de l'opinion monarchique dans les événemens de juillet, en répondant à l'insurrection triomphante, se demandant avec surprise le lendemain des trois journées, où donc se cachent les royalistes? C'est que les royalistes *étaient restés dans les doctrines nationales de* 1815; *c'est qu'ils n'avaient pu suivre la royauté dans l'abstraction où les inventeurs de la Charte l'avaient reléguée; c'est qu'aucun d'entre eux n'aurait admis, avec les politiques de la révolution, qu'on fortifiât le trône autrement qu'en élargissant sa base; qu'on le défendît contre les entreprises du monopole autrement que par le droit commun; c'est enfin qu'ils n'imaginaient pas un triomphe de la royauté qui n'eût pas eu pour effet la destruction de la centralisation révolutionnaire, et une liberté véritable pour la France.*

Est-ce à l'aide de semblables jongleries, de déductions aussi erronées qu'ils espéraient égarer la France? Son âge ne lui permet plus de croire aux revenans. La république aussi remuait dans son cercueil; le cloître St-Méry a entendu son oraison funèbre. Hommes des anciens jours, cessez de troubler le repos des vivans. L'on dit que dans votre dernier sabbat vous avez fait des libations sur votre autel infernal avec quelques gouttes d'un sang cher à la patrie. Enivrés par vos propres clameurs, enhardis par la longue impunité laissée à vos insultes, vos menaces iront-elles toujours croissant? Peut-être qu'à ces attaques insensées le libéralisme, se levant dans toute sa force première, acheverait en un moment de disperser, d'anéantir ses aveugles et chétifs ennemis, et chanterait à leurs mânes un dernier et terrible *requiem*. Enfans de la nuit, rentrez dans vos tombeaux, il n'y aura pour vous des chances de résurrection que lorsque Lafayette pourra remonter jusqu'au droit divin, et Charles X descendre jusqu'à la souveraineté du peuple.

CHAPITRE VII,

LES SAINT-SIMONIENS.

S'il est des conquérans dont l'ambition insatiable s'est trouvée resserrée dans les étroites limites du monde, l'on a vu des hommes, éclatans météores, dont le génie inquiet, dévoré de la fièvre des innovations, a égaré l'imagination vagabonde hors des champs du possible. Ces derniers, non moins dangereux pour quelques-uns, ont été inspirés par un orgueil excessif ou par une aveugle philanthropie. Tels ont été de nos jours Saint-Simon, Owen et Fourrier. Saint-Simon, génie profond et original, n'a malheureusement point travaillé pour les habitans de notre planète. Architecte sublime, il a bâti ses palais fantastiques au milieu des nuages et sur l'aile des tempêtes; il a porté un défi aux utopistes les plus audacieux. Lui et ses disciples, éblouis par la découverte d'une loi ingénieuse, au moyen de laquelle ils classent tous les faits, depuis l'origine des temps historiques jusqu'à nous, ont eu la prétention de réorganiser la société dissoute, pulvérisée par les hérésies, les schismes et les réformes dont le christianisme a été l'objet depuis trois siècles. Ils ont cru, qu'arrivés à une époque palingénésique, ils étaient les régénérateurs que Dieu suscite à l'humanité, à chacune de ses grandes crises; les fondateurs d'un nouvel ordre social, les continuateurs de Christ; venant dénouer cette sublime épopée commencée à Moïse et Jésus, et que, conformément aux dernières paroles de leur maître, le monde entier était promis aux pacifiques conquêtes de cette religion définitive; ils soutenaient que par elle l'humanité était appelée à faire un progrès plus grand que par la prédication même de l'évangile; que cette religion, venant affranchir le prolétaire et la femme, donnerait à la morale une base nouvelle en mettant fin au dualisme primitif, éternel, ou à la lutte qui a existé de tout temps entre la chair et l'esprit, entre les êtres à affections vives et les êtres à affections profondes; que cette religion apporterait au monde une politique, une morale, une philosophie, une psychologie, une métaphysique nouvelles, un art nouveau, une poésie, une langue nouvelles, une industrie, une hygiène et une administration nouvelles, dernière révélation faite à l'homme par Dieu : celle du progrès, de l'amour, de la vie, communion universelle, alliance définitive, la foi de Saint-

Simon, celle de toutes les races futures ; que son dogme fournissant aux sciences de nouveaux axiomes, mettrait l'œuvre qu'accomplit le bras de l'homme au niveau de celle que crée son esprit ; en un mot, réhabiliterait la matière et l'industrie, cette dernière portant encore, d'après eux, l'empreinte des fers de l'esclave, se ressentant encore des avanies de la glèbe et des redevances féodales ; que son culte, basé sur une nouvelle conception de Dieu, offrirait à la force de l'homme un nouveau but d'activité, consacrerait l'alliance définitive de l'Orient et de l'Occident, soumis tous les deux à des religions provisoires, en attendant celle qui embrasse le Coran et l'Evangile et a ses racines dans toutes les religions du passé ; que par elle les paradis de Christ et de Mahomet seraient transportés sur la terre embellie par la femme Saint-Simonienne, mélange enchanteur de la pudique modestie de la vierge chrétienne, des grâces séduisantes et de l'ivresse voluptueuse des odalisques de l'Orient.

Arimane souris, ton règne est éternel.

Nous laisserons aux derniers représentans du catholicisme le soin de le défendre contre les formidables coups que lui ont portés les écrivains de cette doctrine.

Ces derniers, supérieurs dans l'appréciation du développement religieux de l'humanité, lui ont reproché, tout en le glorifiant dans le passé, d'avoir conçu son Dieu, pur esprit, en dehors de la matière universelle en le reléguant dans un coin du ciel, sous l'insaisissable éclat d'une auréole ; jeté l'anathème sur la chair considérée par lui comme l'empire du démon ; subalternisé le travail en le regardant comme une expiation, et après avoir prouvé aux ministres de cette religion qu'ils étaient des hérétiques et non les successeurs des apôtres de Jésus, de ces hommes divins dont le zèle ardent, l'inépuisable amour a sauvé, civilisé le monde, ils leur ont donné poliment leur congé en disant qu'à l'époque où nous étions arrivés, il n'y avait pas plus de prêtres chrétiens que de morale chrétienne.

Trompés par quelques inductions historiques, ils ont annoncé une dernière transformation de la propriété, qui mettrait l'hiérophante et la prêtresse souveraine, *couple saint, divin symbole d'union de la sagesse et de la beauté, amoureuse androgyne,* en possession pleine et entière de toutes les propriétés mobilières et immobilières devenues sociales, d'individuelles qu'elles sont aujourd'hui. La société qu'ils concevaient aurait été composée de savans, de prêtres et d'industriels, hiérarchisés chacun selon son degré et sa nature de capacité. Les chefs, propriétaires de tout le fonds social, auraient été chargés d'apprécier la valeur de chaque individu, l'élection ayant lieu de haut en bas. Cette doctrine, qu'ils prétendaient basée sur la perfectibilité de l'homme ; l'était tout au moins sur sa perfection : le moyen de classer chacun selon sa vocation et son degré de capacité, de manière que la machine sociale soit une image parfaite de l'harmonie qui règne dans les cieux. Lorsque tant de personnes doivent leur rang à des causes indépendantes de leur mérite, il est sans doute permis de rêver un avenir où chacun sera classé selon sa vocation et sa capacité ; mais la médiocrité, l'envie, l'orgueil, l'égoïsme ou la *sainte personnalité*, l'esprit de rivalité, déguisé sous le titre de *sainte émulation*, tous vices qu'il n'est pas plus facile de détruire dans l'homme que de changer son organisation, ne s'opposent-ils point à ce qu'il devienne jamais assez moral, assez juste, pour reconnaître et proclamer les talens d'autrui ? N'est-il point évident que celui-là seul se trouverait bien classé qui occuperait la première place ? Les discussions scandaleuses des chefs de cette association, relativement au pouvoir suprème, sont là pour l'attester. Avant de proclamer de semblables idées, ils auraient dû attendre le perfectionnement des systèmes de Gall et Lavater, ou la découverte d'une sonde capacitaire, indiquant comme le thermomètre, le degré de mérite d'un chacun.

Il est fort à parier que la rétribution selon les œuvres confiée à l'injustice des hommes, eût été aussi peu équitable que celle abandonnée à l'aveugle hasard. D'ailleurs, une unité semblable, détruisant toute spontanéité, eût réduit chaque individu au rôle d'automate, répétant le geste ou la parole partis d'en haut. Les beaux-arts, loin d'être régénérés dans leur plus haute expression, privés de ces mille accidens de la vie qui en font le charme et la poésie, seraient tombés dans une monotonie et une langueur mortelles. N'y ayant plus que des usufruitiers sur la terre, toute émulation eût été anéantie. Les individualités qui auraient bondi hors du centre tracé par cette prétendue religion, rejetées par elle comme des parias nouveaux, n'eussent su où reposer leur tête. Le despotisme oriental est moins abrutissant.

Pleins de l'idée qu'ils étaient les sauveurs du monde, les enfans privilégiés de Dieu, destinés à accomplir ses volontés, leur enthousiasme se convertit en fanatisme ; leur chef se proclama complaisamment *la manifestation la plus parfaite de la Providence, le Messie de Dieu et le Roi des nations, le père de l'humanité nouvelle, le Christ* que la France voit tous les jours sans le reconnaître ; il alla jusqu'à affirmer que Dieu lui avait donné mission d'appeler le prolétaire et la femme à une destinée nouvelle, absolument comme s'il y avait eu procuration passée devant notaire. Sous prétexte d'implanter au monde la prêtrise nouvelle, de réformer les bases de la famille antique, de faire

vivre l'homme et la femme dans une sainte égalité en les unis-
sant, non plus selon leur naissance, mais selon leur amour;
dans le but d'harmoniser les deux faces de la vie, d'anéantir
le népotisme dans le couple sacerdotal, ils brisèrent impitoya-
blement tous les liens de famille, rétablirent la confession,
ressuscitèrent les saturnales du paganisme, réhabilitèrent la
prostitution dans la prêtresse, et les fonctions de l'ami Bonneau
dans le prêtre, *le couple sacerdotal* ayant pour mission de *calmer
l'ardeur immodérée de l'intelligence* ou de *modérer les appétis déré-
glés des sens; tantôt, au contraire, de réveiller l'intelligence apa-
thique ou réchauffer les sens engourdis; car il connaît tout le charme
de la décence et de la pudeur, mais aussi toute la grâce de l'abandon
et de la volupté.* Ils créèrent toutes sortes de dignités sacerdo-
tales, se proclamèrent, en vertu du nouveau droit électoral
de haut en bas, Dieu, sous-Dieu, pape, sous-pape, cardinaux
et diacres. Nous remarquerons en passant que ces derniers
étaient peu nombreux, tous ces messieurs croyant devoir occuper une place d'honneur au banquet des capacités; ce n'é-
taient que cardinaux et archevêques ou tout au moins évêques,
comme dans ces régimens de réfugiés espagnols où l'on chercherait vainement fifres et tambours, voire même des capitaines,
chaque soldat se disant colonel ou lieutenant-colonel, et les
plus humbles, chefs de bataillon. Ainsi tout le monde était
père. Vous disiez-vous saint-simonien par pure plaisanterie
devant l'un de ces thaumaturges, il s'écriait tout d'abord sans
jaugeage préalable: «mon fils!» avec force tournoiemens d'yeux
et soupirs élancés. Malheur à ceux qu'atteignaient ces foudres
de philanthropie, d'amour et de sympathie, une décharge élec-
trique les eût moins ébranlés.

Dès que les néophytes sentaient la vie nouvelle assez amassée
en eux, ils allaient au loin la répandre. Quelques-uns nous
ont rappelé l'éloquence des Chrysostôme et des Augustin, car
le saint-simonisme aussi a eu ses beaux jours, alors qu'un
brillant auditoire venait s'attendrir aux prédications de la salle
Taibout. En voyant les rues et les impériales des diligences
couvertes de ces apôtres, docteurs et confesseurs nouveaux,
on était effrayé de ce mouvement *capacitaire*, au point de sentir croître ses oreilles, et l'on répétait avec eux que nous étions
dans des circonstances extraordinaires parmi les plus extraordinaires, des circonstances comme on en trouve à quinze ou
vingt siècles d'intervalle dans l'histoire de l'humanité; que
nous assistions à l'heure suprême d'un monde tout entier qui
s'en va, à la naissance d'un monde tout nouveau qui arrive.
L'épicier ébahi disait à son voisin : mon ami, nous allons voir
de grandes choses. Les missionnaires saint-simoniens ont dit
en séance publique qu'à côté du plus chétif d'entre eux les

grands hommes de l'ancien temps n'étaient que des pygmées ;
que l'ancien Dieu avait été mis à la retraite pour cause d'incapacité ; qu'il y avait eu aussi révolution là haut ; que la vieille
papauté ayant radoté pendant les trois derniers siècles, le Va-
tican avait été transporté à Paris : ce que c'est pourtant que le
progrès !

Les saint-simoniens ont tenté de battre en brèche notre
édifice constitutionnel en représentant la France fétichiste,
prosternée passive devant des textes morts, des lois au corps de
papier, à la tête de carton, véritables idoles construites de
main d'homme, sans yeux, sans oreilles, pour comprendre les
besoins toujours nouveaux de leurs adorateurs. Ils auraient
voulu qu'à ces traités et à ces garanties que la France a con-
quis au prix de tant de sang, on substituât *la loi vivante*, la
volonté suprême du père suprême *qui ne relève que de Dieu, qui
n'a de père que Dieu et qui a été initié au calme de son éternel amour.*

L'idée de mettre un homme, notre semblable, quelque grands
que fussent d'ailleurs sa moralité et ses talens, au-dessus des lois
divines et humaines, de le rendre l'arbitre souverain de notre
honneur, de notre vie, était une folie, une niaiserie stupide.
Le vice originel de cette doctrine est d'avoir établi ses calculs
sur les hommes, abstraction faite de leurs passions, tout comme
les mathématiciens sur les chiffres. Interrogés sur le problème
de l'équilibre de population, l'écueil de la science économique
moderne, que leur système compliquerait par l'immense
accroissement de l'espèce humaine, ils ont éludé la question.
Il est vrai qu'ils eussent été obligés de répondre avec Feth-ali,
Schah de Perse, que c'est *Dieu qui envoie les enfans et qu'il n'y a
jamais trop d'honnêtes gens*, ou d'opter entre l'exposition, le
meurtre et les naumachies.

Leurs principes extatiques et leur costume bizarre achevèrent de dépouiller cette doctrine de ce qu'elle pouvait avoir de
vraiment sérieux. Dès lors, malgré un dévoûment inouï, des
talens incontestables et une philanthropie exaltée, ils devinrent
la risée des petits enfans. Amateurs barbus de la vérité,

> *Si le ciel vous eût donné par excellence*
> *Autant de jugement que de barbe au menton,*
> Vous n'auriez pas à la légère
> Descendu dans ce puits.

Plusieurs s'en sont tirés avec bonheur, et ceux qui devaient
amener les hommes à l'unité, à la paix, à la concorde et fonder
au nom du Dieu vivant, au nom de l'être infini qui se sent
vivre dans l'immensité, qui se manifeste sous des formes finies
dans tout ce qui est, se sont séparés après s'être injuriés au
nom de ce Dieu d'amour, principe de toute sagesse et type de
toute beauté.

C'est à tort qu'ils ont cru qu'un Dieu nouveau leur avait été révélé, et que la nouvelle conception de Dieu, *tout ce qui est*, en complétant leur synthèse, résolvait les grands problèmes que l'homme s'est toujours posés sur son origine et sa destination. Cette idée panthéistique n'est cependant rien moins que nouvelle; elle est aussi ancienne que le zodiaque de Denderah, puisqu'on lisait sur le frontispice du temple de Saïs, cette inscription : *Je suis tout ce qui est, tout ce qui a été, tout ce qui sera : nul mortel n'a encore levé le voile qui me couvre.*

N'est-ce point là le Dieu des saint-simoniens; car eux aussi professent un mystère? Ils avouent que pour comprendre Dieu ou l'infini, il faudrait que l'homme vécût de la vie universelle. Leurs opinions sur la vie future, loin d'être consolantes et en progrès sur le christianisme, ne sont autre chose que la métempsychose, l'équivalent de la mort absolue du matérialisme, un commentaire du fameux *post mortem nihil est, ipsaque mors nihil.*

Ce ne fut qu'après six ans de travaux consécutifs, après que la foi religieuse se fût fait sentir à leurs ames privilégiées, qu'ils s'aperçurent qu'au lieu d'être dans une disproportion prodigieuse par rapport aux autres hommes, ils étaient frappés de vanité, de nullité et d'incapacité, vu que l'absence de la femme libre leur rendait impossible la fondation de l'ordre moral nouveau; qu'inférieurs même aux christicoles, à la vieille morale, il se trouvaient, eux, n'en avoir aucune jusqu'à l'apparition du Messie femelle. Ils lui font aussitôt un appel après avoir long-temps bataillé sur ses termes. Dès ce jour, l'apostolat est définitivement fondé, et les apôtres, sous la foi du père suprême, parcourent la France en tous sens, cherchant cette femme *phénoménale*, à laquelle le fauteuil vide de la salle Taibout s'est lassé de tendre les bras. Dès lors ils déclarent les femmes françaises trop libres pour souhaiter la liberté saint-simonienne. Égarés par une de ces idées mystiques qui leur sont si familières, ils affirment que la femme messie doit fatalement se trouver dans la métropole de l'Orient, Paris ayant fourni le révélateur. Cependant, entre la femme française trop libre et la mahométane trop esclave, entre la morale chrétienne trop spiritualiste, que personne ne suit, et la morale du Coran, trop charnelle, la véritable liberté, la véritable morale, ne sont-elles point dans un juste-milieu? Le juste-milieu n'est donc point seulement un parti politique, mais bien une religion. Allez, pauvres fous, chercher la liberté dans le sérail du sultan, tandis que plusieurs de vos frères, voulant convertir les forçats, demanderont au roi des Français comme une grâce de les admettre au bagne.

Cependant un jeune néophyte était placé en observation au

sommet de la tour de Ménilmontant; le souverain pontif souffrait horriblement de la loi provisoire qu'il s'était imposée ; cher fils, s'écria-t-il, ne vois-tu rien venir, ne l'aperçois-tu pas à l'horizon lointain? La femme libre tarde bien à paraître ! Il est passé le jour marqué par les prophéties. Dès que tu la verras, ferme les yeux, car nous avons à *écouter et non pas à parler.* Patience, cher fils, entonne en attendant l'hymne de Duveyrrier, chante l'éternelle prophétie. Lors le néophyte se prit à chanter d'une voix de Muézin : Dieu seul est Dieu, et Saint-Simon est son prophète. O terre réjouis-toi; Saint-Simon a paru. *Montes exultate sicut arietes, et colles sicut agni ovium....Non nobis, Domine, non nobis, sed nomini tuo da gloriam.*

APPEL.

Vous tous dont la constante habileté et la prudente modération ont préservé la France et l'Europe d'une effroyable collision et de tous les maux qu'elle eût traînés à sa suite : anéantissement de l'industrie, famine, pillage, incendie, meurtre, viol, exactions de nouveaux proconsuls, tyrannie stupide de la classe ignorante, règne des Vergonte et des Lentulus, empruntant, pour assouvir leur vengeance personnelle et leur cupidité, le masque perfide de l'intérêt public ; échafauds de la terreur, ses tables homicides ; sanglantes réactions, flots de sang et de larmes, gloire à vous tous !

Lorsque le temps dans son cours ramenera le jour fatal où succomba l'illustre Périer, vous pourrez, élite de la nation, monter avec fierté au nouveau capitole pour y remercier la Providence qui a voulu que la France fût sauvée par vous. Vos bienfaits, méconnus aujourd'hui par un grand nombre, se sont tellement répandus sur toutes les classes, ont si profondément pénétré dans les entrailles du corps social, que les délices même de Capoue ne sont point à craindre pour vous. Parmi ces politiques de café, ces protestans au cerveau creux, à la vue courte, combien en est-il capables de comprendre l'œuvre accomplie dans son ensemble, de formuler nettement leurs griefs ? Encore quelques années, et ces aveugles ennemis, confessant leurs erreurs passées, abjurant des principes surannés ou dangereux, s'uniront à vous pour développer les germes précieux que vous défendîtes contre leur frénésie.

Bien que vos anciens opposans soient plus redoutables, et que le présent soit assuré, il est temps de songer à l'avenir. Dès les premiers pas sur ce nouveau terrain, la malveillance et l'hypocrisie crieront à l'arbitraire; s'efforceront d'entretenir, chez les hommes les mieux intentionnés, un esprit de défiance et de zizanie; fomenteront des scissions au sein des chambres, à l'aide des plus légères nuances dans la même opinion, pour amener des changemens de ministère toujours funestes au gouvernement et à la société; d'ambitieux égoïstes n'ayant nullement en vue l'intérêt général, et dans l'unique espoir de la venue prochaine de leur tour, voudront que les ministres se succèdent aussi rapidement au pouvoir que les images d'une lanterne magique. Mais les députés sauront apprécier les avantages de la fixité dans les premiers agens de la puissance exécutive, lorsque ceux qui pourraient être appelés à leur succéder, devraient fatalement adopter et continuer leur système. En mémoire des services antérieurs, ils donneront de plus en plus au gouvernement des preuves de leur satisfaction pour le passé, et de confiance pour l'avenir, en le dégageant des liens qui l'enlacent et l'empêchent de réaliser ces grandes entreprises industrielles, qui mettront fin à ces débats politiques tour-à-tour insignifians ou scandaleux, où l'on voit avec douleur et pitié quelques sophistes énergumènes exploiter la crédulité d'un public ignare. Arrière, enfans de Babel, orateurs, écrivains, à la parole intarissable, qui ne voyez en elle qu'un glaive qui tue, et non une égide protectrice, un baume consolateur, vous n'avez plus l'oreille ni le cœur du peuple. Ce dont il a soif et faim, c'est de bien-être matériel : la tranquillité, l'ordre, peuvent seuls le lui procurer. Que pourraient pour lui vos discours? La France possède aujourd'hui le complément de ses institutions, ses lois organiques. La mer houleuse ne roule-t-elle point à sa surface assez de débris. Il est temps de cingler vers le port. C'est là que nous attendent de paisibles jouissances; c'est là que le trône et la nation grandiront de jour en jour au milieu des chefs-d'œuvre, des beaux-arts et des merveilles de l'industrie. L'activité du peuple y recevra une direction pacifique; c'est là qu'est le salut de tous. L'étranger attend que la France lui ait ouvert cette carrière pour s'y élancer à sa suite, après avoir forgé du fer des lances le soc des charrues; et l'Occident de l'Europe, jouissant des bienfaits de la paix, épanchera sur l'Orient les flots de sa civilisation.

TABLE DES MATIÈRES.

FIN.

IMPRIMERIE DE CARDON. — TROYES.

www.ingramcontent.com/pod-product-compliance
Lightning Source LLC
Chambersburg PA
CBHW061709180626
46818CB00003B/1323